开学第一课

依据国家教育部和中央电视台
联合主办的《开学第一课》活动

“我爱你，中国！”主题拓展原创版

假如我有一朵七色花

中央电视台《开学第一课》编写组 编

时代文艺出版社

图书在版编目（CIP）数据

假如我有一朵七色花 ／中央电视台《开学第一课》编写组编.—2版.
—长春：时代文艺出版社，2016.1（2023.7重印）
（开学第一课）
ISBN 978-7-5387-4941-0

Ⅰ.①假… Ⅱ.①中… Ⅲ.①中国文学—当代文学—作品综合集 Ⅳ.①I217.1

中国版本图书馆CIP数据核字（2015）第257191号

出 品 人　陈　琛
责任编辑　刘瑀婷
助理编辑　史　航
装帧设计　孙　利
排版制作　隋淑凤

假如我有一朵七色花

中央电视台《开学第一课》编写组 编

出版发行／时代文艺出版社
地址／长春市福祉大路5788号　龙腾国际大厦A座15层　邮编／130118
总编办／0431-81629751　发行部／0431-81629755
官方微博／weibo.com／tlapress　天猫旗舰店／sdwycbsgf.tmall.com
印刷／北京市一鑫印务有限公司
开本／710mm × 1000mm　1／16　字数／120千字　印张／12
版次／2016年1月第2版　印次／ 2023年7月第3次印刷　定价／36.00元

图书如有印装错误　请寄回印厂调换

敬启

书中某些作品因地址不详，未能与作者及时取得联系，在此深表歉意。敬请作者见到本书后，通过以下方式与我们联系，我们将按国家规定支付稿酬并赠送样书。

E-mail：azxz2011@yahoo.com.cn

《开学第一课》编委会

编委会主任：韩　青　许文广

主　编：许文广

副主编：卢小波

编　委：张雪梅　骆幼伟　张　燕　吴继红
悠　然　冰　岩　王　佩　王　青
静　儿　刘　歌　刘　斌　李　萍
一　豪　明媚三月　大路　邓淑杰
李天卿　曾艳纯　郜玉乐　孟　婧

《开学第一课》的价值

有人问我，《开学第一课》的价值体现在什么地方？我认为最重要的就是全社会希望并通过我们传递出来的价值观。多元是时代进步的标志，我们尊重不同的声音和价值理念，但是作为教育部和中央电视台联手举办的一项公益活动，我们要传递的是主流的、与时俱进又符合中华文明传统的价值观。

在2008年，我们通过《开学第一课》传递了抗震精神和奥运精神；2009年正值新中国60周年华诞，我们在象征着民族精神的长城，为孩子们播撒下爱的种子；2010年，我们告诉孩子们，一个拥有梦想的民族，一个不断仰望星空的民族，就是拥有未来的民族，人生的每一个阶段都需要梦想的指引、坚持和探索，而每个人的梦想汇集起来就可能成为国家的梦想、民族的梦想。

举办《开学第一课》三年来，我个人也有一个梦想，我梦想这项目光远大、朝气蓬勃的公益活动能够坚持举办十年，让它给这一代孩子的成长提供正面的、积极向上的力量，这就是《开学第一课》的意义所在。

我希望全社会的力量汇集起来，给孩子们一种价值观的教育，中央电视台愿意承担使命，连同教育部把这项公益活动做好。我们也欢迎全社会各界积极参与、支持，从出版、纸媒、网络、志愿行动、慈善事业等各个方面，加入到这个追逐共同梦想、打造恒久价值的公益活动中来。

由此，我亦十分高兴地看到《开学第一课》系列丛书的出版，我相信时代文艺出版社正是基于我们共同的理想，以出版的力量为孩子们的未来创造了更丰富的阅读食粮，为《开学第一课》的精神理念提供了更多样的传递方式。

中央电视台 许文广

目录

第一部分　欲望路7号

第二部分　菲菲的友谊小屋

第三部分　生活·爱

第四部分　不一样的爱

第五部分　如果能爱，请去爱

第六部分　珍爱每一种生命

第七部分　声音如花

第八部分　体悟生活

第一部分

欲望路7号

走到梅树下，风吹花飘，漫天飞舞。天地间闪着迷离的粉红，那汇聚所有思念的粉红。从未这样泪流满面，在梅花飘过的风中，我们幸福地相拥。

——王千卉《二十年后回故乡》

欲望路7号

赵　琳

新学期开始了，小艾来到学校，发现露露身边依然围着很多好朋友。露露是一个相当出色的女孩，不但长相漂亮，而且学习成绩好，人缘也是相当不错，简直是幸运的宠儿。看到她那飘逸的长发、大大的眼睛和樱桃般的小嘴，小艾羡慕极了！

小艾是露露的好朋友，可小艾站在露露旁边，就好像一只丑小鸭站在白天鹅旁边，这使小艾十分伤心，很快小艾对露露的羡慕就一点点转化成了妒忌。一次偶然查资料，小艾在书中得知，有一个地方可以当掉所有的缺点而得到优点，那就是——欲望路7号。书上说，从现在的地方向左走向右转，直走就会到了。

小艾路过欲望路1号时，走过来一位老婆婆，问小艾是不是在找欲望路7号。她说小孩子不应该来这里，会陷入这个深渊中拔不出来的。小艾还是坚持走到了目的地，这里被紫色的烟雾笼罩着。

坐在烟雾中间的，是一个年轻漂亮的大姐姐，桌上还有一个小袋子和一个水晶球。没等小艾开口，这个姐姐先说话了："你想得到什么？可以用你的缺点来换，我来满足你的欲望。"小艾想到自己干草般的短发，小而无神的双眼，一笑可以咧到嘴角的嘴巴，于是，她不好意思地说："我想用我干枯的短发换来飘逸的长发，行吗？""当然可以！"大姐姐狡黠地一笑，让小艾打了个寒战。她看到了那个小袋子里似乎装进了一些东西，其实那就是她的欲望。小艾心神不定地回家了。

第二天一早，小艾发现自己真的长出了飘逸的长发。她来到学校，立即成了学校的焦点，可还是有人说，小艾身上也就头发漂亮这么一个优点罢了，她的行为举止和性格特点永远也比不上露露。这些传言让小艾的脸色一会儿青一会儿白。恰巧在这时，露露走了过来，轻柔地问道："小艾，今天哪里不舒服，脸色怎么这么差？”小艾心虚了，胡乱支吾了几句。

放学后，小艾又来到了欲望路7号，她这一次当掉了更多的缺点，人也变得更漂亮了，可内心却变得丑陋无比。

小艾决心再也不去欲望路7号了，可越来越强大的欲望还是让她无法自拔。露露觉得小艾不对劲，于是开始跟踪她。

中考逼近，小艾想考上理想的中学，可她还能当掉什么呢？这时，露露赶到了，小艾无情地说：“我要当掉我和露露的友谊！”她说得十分坚定果断，小袋子满了，她也成了一个欲壑难填的人。

这一刻，她把露露的心伤透了。露露想起她们曾经是多么要好的朋友，两行眼泪从她那漂亮的脸蛋上流了下来。她知道，这一切全是由她的幸运引起来的。她说：“我要当掉我优秀的一切，请换回我的友谊！”她这句话也说得十分坚定果断。

小艾哭了，她又回到了她原来的样子。

因为她明白了，这幸福的一切中，只有她和露露的友谊最重要。她们紧紧地拥抱在秋日的细雨中，小艾和露露心中都想着一句话：我们永远是朋友！

（指导教师：郑金密）

特别的母亲节

李怡铭

“今天是母亲节，希望同学们回到家能让妈妈开心、幸福。”王老师放学前对大家叮嘱道。

放学了，同学们都在议论着给妈妈送什么礼物，只有小静一个人默默地收拾好书包走出教室。她的心情十分糟糕，还是因为刚刚过去的那件事。昨天，妈妈因为工作的事情和爸爸狠狠地吵了一架。一开始他们只是争论，后来因为爸爸的一句话他们竟吵了起来，越吵越凶，眼看要打起来了，妈妈一生气回了姥姥家。“哎，如果爸爸没有说那些话就好了！”小静后悔没有阻止爸爸。想到这，小静无力地往家走，到家的路一下子变长了不少。

家，本来是温馨的，此时却显得十分冷清。打开家门，原本应该摆好饭菜的餐桌如今空空如也。爸爸也不知到哪儿去了，小静的眼泪流了下来，她真是恨透那些话了！

无奈之下，小静胡乱吃了点东西就开始写作业了。“咕噜——咕噜——”肚子又开始发起了抗议。“哎，该死的肚子！”小静生气地自言自语。夜，正在悄悄地来临，此时已经晚上八点多了。小静越来越想妈妈了，这时她真希望妈妈能回到自己的身边。

突然，一条妙计浮现在她的脑海里：我为什么不能用爸爸的QQ号给妈妈道歉呢？说干就干，小静打开电脑立刻登录了爸爸的QQ。小静给妈妈发了一条道歉信：老婆，您现在还生我的气吗？都是我不好，请您原谅。我好后悔，您整天那么辛苦，我真的不该惹您生气！我和小静都在家等着您回来呢！回来吧。知错的老公。“嘀嗒——嘀嗒——”时间过得飞快，小静一直盯着电脑屏幕，喃喃自语：“妈妈到底看到了没有？是手机关机了？还是……”

就在小静苦苦等待的时候，门开了。小静急忙冲了出去。啊，小静差一点儿没喊出来。她看到爸爸妈妈竟然一起回来了。原来，爸爸早上临走时发现小静不高兴，就知道自己错了。可怎么办呢？想了半天，也没有想出办法来，还是同事说起母亲节时才提醒了他：“对，我何不以向小静姥姥祝福为借口去接老婆呢？”就这样，出现了让小静意想不到的一幕。“妈妈！”小静喊着扑了上去。在妈妈的怀中，小静撒娇道：“我好想你呀，今天是你的节日。我祝你节日快乐！”妈妈听后紧紧抱住她深情地说：“这是小静给妈妈的最好的礼物！”“不，还有呢！还有爸爸的！说完，小静带着爸爸妈妈向电脑走去……

（指导教师：薛万久）

听爷爷讲那过去的故事

姜　玥

一逢暑假，我都会去阿姨家小住几日，每次也都能见到一位老爷爷。老爷爷是台湾人，已经八十多岁了，两鬓斑白，脸上的皱纹像纵横交错的蚯蚓。爷爷年纪虽大，却步履稳健，精神矍铄，童心未泯。我们唱儿歌，他也唱儿歌；我们做游戏，他也要加入。一天，做完游戏，爷爷给我们讲了一个故事，一个关于他自己的故事……

第一章　离别

望故乡，山水两茫茫，望故乡，灯火闪亮。

多少魂牵梦绕童年的欢笑，曾经榕树下的嬉闹，如今再也找不到。

望故乡，叹世间沧桑，望故乡，泪已两行。

曾经对父母的唠叨和责骂很烦恼，失去了才知道世间珍贵的已太少。

望故乡，忍住悲伤，望故乡，魂断天涯。

“时间要追溯到20世纪40年代。

“那一年，我还是一个毛头小伙子。当年，家里兄弟姐妹一大串，吃了上顿没下顿。为了填饱肚子，我选择了参军，加入了国民党。

“一天晚上，夜漆黑漆黑的，天空中，一丝星光也没有。村子里的狗发了狂地叫着。部队接到任务，要去远方出征。趁慌乱，我回了一趟家。油灯下，我娘在纳一双鞋底，听说我要出远门，就把已经完工的一双布鞋匆匆塞给了我。

“因为口渴，我拿了一个勺子在门口的水缸里舀了一瓢水，咕咚咕咚喝下后，便告别我娘出门了，甚至没来得及跟躺在炕上的爹告个别。

“谁知道，这一去，竟成了永别。从此，便再也没有见过我的爹娘，等我再次回来时，他们早已入土……”

说着说着，爷爷便哽咽着说不下去了，喉结一耸一耸的，随之，两行清泪缓缓流了下来。

过了好久，爷爷才继续往下说。

“随着部队，我们南征北战，几经磨难，竟然到了台湾。原本以为，过不了几天，我们便能回家，谁料想，1949年，国民党政权在大陆彻底失去，12月11日，国民党中央部队也由大陆迁往了台湾。从此，我便与家乡失去了联系，因为那时台湾和大陆关系紧张。

“仅仅是一水之隔啊，相望却不能相聚。我娘给我的那双鞋，成了唯一的寄托。想娘时，我就把它捧在怀里；想家时，我就抱着它。这鞋，我怎么也不舍得穿，因为鞋子上，有我娘的气息啊……

“鞋子泛黄了，我没能回家；鞋里子发黑了，我还是没能回家……家，在水的那一边，在天的那一端。我的爹娘，我的爹娘啊！”

爷爷又停了下来，眼泪像溪水一样奔流而下。

“这一别，就是半个世纪！”半天，爷爷才轻轻吐出这么一句话。

第二章　乡愁

小时候，乡愁是一枚小小的邮票，我在这头，母亲在那头。
长大后，乡愁是一张窄窄的船票，我在这头，新娘在那头。
后来啊，乡愁是一方矮矮的坟墓，我在外头，母亲在里头。
而现在，乡愁是一湾浅浅的海峡，我在这头，大陆在那头。

“在台湾，我们召集了同乡会。那些大陆出来的国民党官兵，不论年龄，不论地位，彼此都是兄弟。我们曾经带着希望，希望有一天，突然能回家了，希望有一天，醒来时，已走在家乡的路上。可是，家，就像断了线的风筝，音信渺茫。我们这群年轻气盛的壮小伙，也都一个个成了糟老头。

“20世纪80年代后期，台湾与大陆关系缓和，允许一些人回大陆探亲了！听到这一消息，我们奔走相告。真是‘漫卷诗书喜欲狂’啊！我连忙又找出了那双鞋，我要带着它去见爹娘！

“可是，随之而来的消息，却像兜头一盆凉水，浇得我透心凉。因为，像我们这样曾经的国民党将领，台湾当局不允许我们随便回家探亲！可是，回家的念头强烈地鼓动着我，此生，假如不能回到自己的家乡，我死不瞑目！

“每天，我站在家门口，朝着家的方向，望着望着……那里，有我的亲人，有我的爹娘啊！”

第三章　回家

天边飘过故乡的云，它不停地向我召唤。
当身边的微风轻轻吹起，有个声音在对我呼唤。
归来吧，归来哟，浪迹天涯的游子。
归来吧，归来哟，别再四处漂泊。

“也许是上天可怜我吧！经过层层审批，经过我们的努力，终于，我得到了可以回家探亲的消息！得到消息以后，我归心似箭，彻夜难眠！那一天，我早早起了床，在儿子的陪伴下，坐上了飞机，回到了我的老家——嵩山。

“再次踏上这片土地，我再也控制不了自己了！男儿有泪不轻弹，只是未到伤心时！这就是我的家！趴在地上，闻着泥土的芳香，我哭了，这才是家乡的味道啊！

“可是，我的父母都已作古，兄弟姐妹也杳无音信了。爹娘，儿子不孝啊！没能为你们送终……”

爷爷低下头，把头深深埋在手心。

过了好一会儿，他才抬起头，眼睛红红的。我们的眼睛，也红红的。

“在政府的帮助下，我终于联系到了我的侄子，就是你们的爷爷。于是，我马不停蹄地赶到了杭州，见到了你们一家。当年穿开裆裤的小孩，如今已经树荫满枝子满堂了……在你们爷爷的陪伴下，我再次来到了老家嵩山，找到了祖坟，祭拜了我的爹娘！四十几年啊！人生中，有几个四十年！

“不过，现在好了，2005年起，两岸关系翻开了新的篇章，我可以随时回来探亲了。去年暑假，游完西湖后，我还在那边的南山公墓为自己选了个‘新家’，等我百年后，我就永远住在这儿了，树高千丈，叶落归根啊……”

爷爷喃喃低语着，泪水，溢满了脸上的沟沟壑壑。

爷爷的故事虽然早已讲完了，但“树高千丈，叶落归根”这句话，却一直萦绕在我的脑海中。

（指导教师：金茶娟）

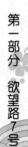

二十年后回故乡

王千卉

笔在颤抖，全是思念。彼此分离的岁月，揉碎了心底沉沉的痛。

为了理想努力奋斗，足足有二十年。如今，我可以回到故乡了，心中陌生又熟悉。

坐上火车，望着窗外的一切，有一串说不清道不明的泪，模糊了双眼。我真的可以回家了吗？这句话一直盘旋在头脑里，是真的。到站了，走出火车站，下意识地寻找……

一路上，复述着童年的记忆，曾经的你，曾经的他，埋葬于尘埃，消失不见。想哭，在这个相思的日子。

走在故乡的小路上，埋着头，终于到了那棵白杨树下。我呆呆地站着，凝视着它。它长大了，我也长大了。它已经长成了参天大树，枝叶茂盛。曾经，我就坐在这儿，拿着一本书，静静阅读，倚着脑袋幻想着……

默然伫立，任风吹着发丝。

我走了，迎着风，留给它一个思念的背影。我要去见我的父母……

妈老了，皱纹伴随着岁月爬上脸颊，少许的黑发依稀夹杂于银丝间。爸也老了，背驼了，反应迟钝了，满眼浑浊，已看不见从前的影子。

突然开始恨自己，为什么要离开父母？

就这样，我们对视着。周围寂静无声，一切难以言表。搀扶着年迈的父母走过儿时的地方，仿佛那是快乐的源泉，小时候的点点滴滴，一一涌现。

爸用苍老的声音说：“孩子，这二十年过得好吗？”我忍不住了，不争气的泪悄无声息地流下，心中隐隐作痛，如针扎、似火烧。妈似乎不想继续这样的悲伤：“终于团聚了，庆祝一下，不要老想往事。”妈妈还是那个快乐的妈妈。

走到梅树下，风吹花飘，漫天飞舞。天地间闪着迷离的粉红，那汇聚所有思念的粉红。从未这样泪流满面，在梅花飘过的风中，我们幸福地相拥。

（指导教师：葛荣弟）

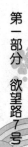

寻找母爱

宋琪佳

从前，有一个孩子叫吉姆，他总认为自己的母亲不爱他，他是没有母爱的。因此他很伤心，总是向他的母亲大发脾气。终于有一天，他决定离家出走，去外面的世界寻找母爱。

吉姆翻过千万座山，站在世界上最高的地方问月亮："月亮姐姐，月亮姐姐，您知道什么是母爱吗？"月亮姐姐对他说："母爱是柔柔的，暖暖的，像可爱的羽毛一样。"吉姆摇了摇头。

他又踏过千万条河，来到世界上最大的海洋问星星："星星妹妹，你知道什么是母爱吗？"星星妹妹正在洗澡，所以在水光里若隐若现的。她告诉吉姆："母爱散发着柔和的光芒，像美丽的蜡烛一样。"吉姆又摇摇头。

于是，他又绕过千万棵树，来到世界上最美的红枫林问秋风："秋风阿姨，秋风阿姨，您可知道什么是母爱吗？"秋风阿姨笑着对他说："傻孩子，母爱是看不见，摸不着的，要用心才能感受到，就像无形的空气一样。"吉姆若有所悟地点了点头，于是秋风阿姨把小吉姆送回了家。

当吉姆看到母亲正对着他的照片无声地哭泣时，他立刻就明白了秋风阿姨的话。吉姆扑到母亲的身上，抱着母亲说："妈妈，我再也不离开您了，我爱您！"吉姆的母亲露出了欣慰的笑容。吉姆在那一瞬间终于理解了什么是母爱。从此，他再也没有抱怨过自己的母亲，他和母亲一起过着幸福快乐的日子！

（指导教师：吴娟美）

蜡烛姑娘

江玉涵

在一个玫瑰小镇里，住着一位慈祥的驼背奶奶。驼背奶奶没有亲人，家里很穷困，但是心地善良，帮助过许多更穷困的人，人们都亲切地叫她“驼背奶奶”。

有一天，宁静的小镇突然下起了暴风雪，狂风像千万头狮子吼着，驼背奶奶茅草屋的房顶被掀走了，只好躲在墙角的破被子里瑟瑟发抖。忽然，驼背奶奶隐隐约约听到有孩子的微弱的啼哭声，“是哪家的孩子，迷路了吗？”驼背奶奶哆哆嗦嗦地站起来，不顾狂风大雪的阻挡，踉踉跄跄向哭声走去。哭声越来越近，驼背奶奶在一堵破墙下的雪地里发现了一个闪着金光的小东西，身子已经全被埋在雪里，只露出半个头顶。驼背奶奶蹲下来，扒开周围的雪，原来是一个蜡烛姑娘，她的泪已经冻结在脸上，奄奄一息。驼背奶奶连忙把她抱回家，暖在怀里。终于，暴风雪停了，天空出现了一轮金黄色的大太阳。蜡烛姑娘苏醒了，她看到了阳光，瞬间就长高了，一头美丽的长发，一双清澈的眼睛。她甜甜地对驼背奶奶叫了一声：“奶奶。”驼背奶奶笑得合不拢嘴，她很喜欢这个俏皮可爱的小孙女。从此，她们幸福地生活在了一起。

驼背奶奶一天比一天老，驼背越来越严重了，还不时地咯血。蜡烛姑娘心里很难过，她决心医治好奶奶的病。蜡烛姑娘给奶奶找了很多名医，可是都不管用。她没有放弃，她坚信：只要努力，就一定会成功！有一天，她来到了大青山，碰到了在溪边梳头发的柳树姐姐，柳树姐姐告诉她，东山岩洞的石乳珠可以治奶奶的病。蜡烛姑娘走啊走，走了一天一夜，脚上磨起了血泡，终于到了东山，找到了岩洞。洞口有一条五六米长的大蟒蛇盘踞着。蜡烛姑娘害怕了，但当她想到家中的奶奶，一种力量便油然而生。“蟒蛇先生，您就让我进去吧，只有石乳珠才能治奶奶的病，您就让我进去吧，我一定会报答您的！”蜡烛姑娘苦苦哀求着。“要想进去，你便将永远失去美丽的长发，变成像我一样丑陋的秃头。”蟒蛇警告她。蜡烛姑娘抚摸着自己乌亮的秀发，坚定地说：“没有奶奶，就没有我，我愿意！”蟒蛇于是甩甩尾巴让开洞口。洞中太寒冷了，她的手脚被冻得发抖，饥饿又使她眼冒金花。走了三个时辰，眼前突然一亮，出现一道红光，“啊，是石乳珠！”她突然来了力气，惊喜地跑过去，把它摘了下来，捧在手里，然后往家一路奔跑。到了山脚下，她发现了一个牧童躺在地上呻吟，他跌断了胳膊，鲜血直流，危在旦夕。蜡烛姑娘看了看手中的石乳珠，想起了奶奶的病，她犹豫了一下，心想：奶奶一定会让我救他！她把石乳珠给牧童服下去，牧童的血顿时不流了，手臂甚至比以前更灵活了。

为了奶奶，蜡烛姑娘又去大青山找柳树姐姐。柳树姐姐说：“现在只剩下一个办法了，只有把你的身子截去一块碾成碎末做药引子才能救奶奶，而且百日之后你要化为灰烬，否则玫瑰小镇将永远一片漆黑。”蜡烛姑娘想也没想就答应了。柳树姐姐一挥手，蜡烛姑娘已经回到家里，变得又矮又丑。奶奶躺在病床上，气若游丝。她给奶奶服下药，奶奶的病顿时好了，驼背也直了。看着眼前的蜡烛姑娘，奶奶百感交集。

第一百天了，蜡烛姑娘将化为灰烬，否则小镇将永远都是一片漆黑。零点的钟声刚刚敲响，她便来到院子里，从容地划着火柴点燃了自己。深夜的小镇顿时亮如白昼，人们以为是太阳神光顾，纷纷起床，聚集到驼背奶奶的小院。奶奶看到被火烧得只剩一点的蜡烛姑娘，痛不欲生。蜡烛姑娘用尽最后的力气向奶奶喊道：“永别了，奶奶！”然后化作美丽的仙女冉冉升起，消失在小镇的天空中。小镇的人们目睹着她远去，纷纷在心里为她虔诚祈祷。

清晨，玫瑰小镇的阳光变得更加温暖、明亮。

（指导老师：刘晓楠）

邀卖火柴的小女孩同游

小　亮

这天，我漫步在大街上，正要过马路时，忽然发现，在来来往往的车子之间，一个可怜的小女孩晕倒在地，身边还放了一把火柴。走近一看，她长得和课本上那幅插图中的小女孩真像，难道真是安徒生笔下的人物来到了人间？

我连忙将她带回家。不久，她便苏醒了，望着我们，一副惶恐不安的样子。“别害怕，我们会帮你的！”妈妈温柔地安慰着她。“妈妈，让我带她去玩吧！”说完，我便带着小女孩出发了。

我们先来到“梦幻蛋糕坊”，看着周围富丽堂皇的装饰，小女孩惊讶极了。我点了两份“充饥蛋糕”，小女孩狼吞虎咽地吃完了，说道：“谢谢，真好吃！”她笑得是那样灿烂，我也十分快乐。

吃饱了，我又带小女孩去了最最好玩的“梦幻乐园”。在途中，她的眼神里充满渴望与期待，“哥哥，我从没去过呢！那里一定非常好玩。”“为什么？”“每次看见小朋友们高兴地进进出出，我心里特痒痒！”我没有回答，只是默默带着她向前走。

到了乐园里，只见小女孩的眼睛直勾勾盯着“豪华转马”，我立刻买了票。她骑上一匹白马，机器开动了，她兴奋地叫着：“飞喽！飞喽！”在她的感染下，我也跨上一匹红马，与小女孩一起在旋转的世界中欢呼着、奔腾着。

接着，我和小女孩来到一个最新项目——“云中漫步”，在茫茫的人造云中，找到一颗红星便可得到一大串棉花糖。我和小女孩编成一组，来到云雾间，四周一片迷蒙，我们只能摸索着前进。这时，一朵与众不同的彩云飘过，我们立刻抓住它。没想到，这朵彩云竟带着我们飞了起来。“我飞啦！像小鸟一样飞啦！”小女孩几乎要陶醉了。在彩云的帮助下，我们从空中顺利找到了红星，小女孩心满意足地舔着棉花糖，又一次灿烂地笑了。

后来的时间里，我们还玩了很多项目：打雪仗、过山车、碰碰车，一个个有趣又刺激。天色晚了，我和小女孩急忙回了家。妈妈说："孩子，就在我们家住下吧！在外面没个着落，多危险呀！"听罢此言，小女孩的眼睛顿时湿润了……

树屋里的菊奶奶

刘宇轩

天上掉下的树屋

凌波小镇是一个很普通的小镇。

这小镇真的是很普通，很普通，连风都规规矩矩地吹。

可是——今天，天上却掉下来一座房子！哦，准确地说，是一个树屋！

那树屋以时速六千公里的速度落下，做了几个漂亮的前空翻，稳稳当当落在了凌波小镇的中心——凌波花园的空地上。过了五六秒钟，距离树屋一米外的土地上齐刷刷站满了一排笔直的柚木色的栅栏，树屋的枝叶开始变绿，变成了串生着小绿叶的藤蔓。不久，绿色的树屋开始长花骨朵儿，一朵朵开了花，红的黄的绿的蓝的，特别漂亮！

凌波小镇的居民头一次目睹了这么稀奇的事儿，人人都聚在凌波花园里。要知道，奇迹不是每天都发生的呀！这下热闹了，从蹒跚学步的小孩儿到耳朵听不清楚的老奶奶，再加上每家每户的阿狗阿猫，都来了！当刚出生一天的小猪也挤了进来时，树屋的门“吱呀”一声开了，里面走出一位慈眉善目的老奶奶。只见她身穿灯笼袖的蓬蓬裙，裙摆一直垂到脚面上，腰间扎着一件米黄色的围裙，上面绣着一百零一种花。她中等个子，大约一米五六，眯缝的眼睛小而有神，头发服服帖帖盘在脑后，扎成一个球儿。她告诉人们，她姓菊。

菊奶奶慈祥地说：“请进来呀。”她是轻轻说的，可连站在最后的耳朵有问题的石头爷爷也听得清清楚楚。

人们又都向里挤，连镇长也没想想，这么小的房子怎能容得下全镇的人，而他也中了魔似的往里挤，好像在外面会被风吹跑了似的。

就这样，菊奶奶在凌波小镇定居了。

飞舞的芭蕾舞裙

夕阳散尽的下午。

菊奶奶在给自己种的嫁接花“菊卉花”浇水时，看见一个长得很漂亮的女孩背着书包没精打采地走过。接连几天都是这样。第四天，热心的菊奶奶忍不住了，问：“小女孩，怎么忧心忡忡的？有什么不高兴的，可以给菊奶奶说说呀！”小女孩叫薇薇。“菊奶奶，再过几天我们就要毕业了，听说下周日有一个毕业典礼，我想跳一段芭蕾舞，可是找不到合适的裙子……”，说到这儿，薇薇把头低了下去。“哦，是这样，”菊奶奶扶了一下眼镜，“那你想要什么样的呀？奶奶给你做！”谁都知道，薇薇喜欢芭蕾舞。薇薇支吾半晌，“可是，您做不出来的……我心目中的芭蕾舞裙，有松散的半袖，收腰，蓬蓬纱裙，还有……喏，那样的，白色！”薇薇指了指栀子花，两眼放光。菊奶奶愣了一秒钟，信誓旦旦地说，“放心吧！薇薇，今天周四，周日你来取，包你满意！”“真的？谢谢菊奶奶！”刚才还垂头丧气的薇薇，现在神采飞扬，蹦蹦跳跳地回家去了。

地底下有一个地精，他神通广大，会施魔法。地上的一切植物，从不起眼的狗尾草，到名贵的兰花，都是他的。

菊奶奶拿着杜鹃拐杖在地上敲了三敲，召唤地精。一阵白烟过后，一个五厘米高的小人儿出现在院子里。

菊奶奶讲述了事情的经过，地精吸了口气，说：“唉，你还是当年那么热心。”

地精走到那几株栀子花前，叹了口气，说：“哇卡哇卡乌喱喱巴巴九十完美布料通，变！”栀子花都落到了地上，铺成一块柔软的布料。地精叹了口气，慢慢变小，一阵白烟过后，地精不见了。

菊奶奶让她的宠物猫风信子画了一张铅笔稿草图，自己按草图“咔嚓、咔嚓”地剪起来。“咔嗒咔嗒——”这是缝纫机的声音，菊奶奶三天没有休息，做好了这件裙子。

周日，薇薇应约来到树屋。薇薇看见那件裙子时，不禁惊呆了，“天哪，跟我想的一模一样！”

薇薇高兴得不知说什么好，只得接过裙子，一边端详着，一边喃喃自语：“太神奇了，太神奇了，太……”她脸上洋溢着幸福的光芒。

她哪里知道，这件裙子让菊奶奶三天三夜都没有休息……

她哪里知道，这裙子是用菊奶奶辛苦劳作的结果——天然栀子花的花瓣做的……

她哪里知道，菊奶奶院子里的栀子花再也开不了花了……

从此以后，薇薇每次放学之后，都会来菊奶奶的院子里跳段芭蕾舞。菊奶奶喜欢一边织毛衣一边看薇薇跳舞，喜欢一边给风信子喂食一边看薇薇跳舞。

然而，门前的栀子花，再也不会开花了，再也、再也不会开花了。

毕业典礼到来了，薇薇的舞被当作压轴好戏，放在了典礼的最后。薇薇的舞蹈开始了，随着音乐《天鹅湖》的响起，一只洁白的小天鹅——薇薇，出现在舞台中间，她随着音乐翩翩起舞……听着这样的音乐，看着这样的舞蹈，观众们的心飞到了天际。没错，薇薇就像一只翩翩起舞的美丽的小天鹅呀！观众席的最后坐着一个慈眉善目的老奶奶，是菊奶奶，她的脸上露出了一丝欣慰的微笑。

树桩里的花

在凌波小镇的凌波花园前边，有一棵异常繁茂的大槐树，两个孩子手拉手才能将粗大的树干抱住。去年，小镇人为了盖房子，就将这棵大槐树砍了，只留下了一截矮矮的树桩。

任何事物都是有生命的。老槐树也是这样。他回忆自己高高在上，年轻时为人们遮风挡雨的光辉日子，不由得叹了口气。但他并不自怜自哀。

地精看到树桩，叹了口气，说："哎，老朋友，你已经没有用了，不如让我帮你解脱，放弃现在的生命，去找一个光辉的明天吧。比如，把你变成牡丹——百花之王……""不，我虽然没有了树冠，可我还有树桩啊，总会有用的，我还可以让路人歇歇脚。"还没等地精说完，老树桩就乐观地说道。地精叹了口气，消失了。热心的菊奶奶听到了他们的谈话，心里很不好受。

结果更糟的来了，镇里闹虫灾，许多花草树木都遭了殃，老树桩也不例外。老树桩的心被可恶的虫子噬咬着，虫子们吃完老树桩的心之后，匆匆离去。老树桩现在只剩下一个干枯的表皮了。"唉，我有心时还可以给路人歇歇脚，现在呢？我什么也做不了……"老树桩流下一滴巨大的泪珠。

菊奶奶决心让老树桩安心地度过晚年。于是，菊奶奶拿来杜鹃拐杖，在自己的身边转了三圈，不一会儿，百鸟都到了菊奶奶的家。他们问："菊奶奶，您叫我们有什么事？"菊奶奶给小鸟们讲述了老树桩的故事，鸟儿们嘤嘤哭成一片。鸟王孔雀站了出来，"我们一定会让老树桩安度晚年的！""对，一定会的！"众鸟说道。菊奶奶告诉了他们自己的计划……

第二天，每只鸟儿嘴里含着一颗种子，飞到老树桩身旁，将嘴里的花种吐到空心树桩里。燕子神秘地说："等待吧，老树桩，您将会迎来灿烂的晚年！"老树桩并不明白他们是什么意思，只好连连点头。

一阵春风拂过，春雨来临了。撒下的花种经过春雨的滋润，一颗颗发芽了。当和煦的春阳照耀在老树桩的身上时，老树桩开花了。老树桩并不知道，他觉得身子里一阵阵痒痒……

一个路过的小女孩看到开了花的老树桩，不由得惊叫了一声。慢慢地，全镇的人都来到了树桩前，连连赞叹着："真美，真美……"老树桩抬起头，想看看谁在被赞美，左看看，右看看，周围没有别人，只有自己，老树桩喃喃自语："难道……"人们你一言我一语地赞美老树桩，有个诗人甚至即兴为老树桩作了一首诗："啊，美丽的树桩，树桩里的花，像天边的霞光那么耀眼，像织不完的锦缎那么绵延，像高空的彩虹那么灿烂。红的似火，黄的似锦，白的如雪，蓝的如海……"老树桩回头一看，自己居然长了那么多花儿，才知道这是赞美自己的。老树桩从未想过，自己的晚年会过得如此灿烂！他流下了幸福的眼泪。“生，如夏花之绚烂，死，如秋叶之静美。”说完这句话，老树桩闭上了疲惫的眼睛，溘然长逝。

看到这一切，菊奶奶开心地笑了。

……

没有人知道菊奶奶的身份，也没有人能够知道。大家说，顺其自然吧！于是，凌波小镇从此变得更加和睦、幸福、快乐、友爱。

（指导教师：刘晓楠）

蚂蚁家族的第一个奇迹

禹　梁

在蚂蚁家族里，有一只出生不久的小蚂蚁叫点点，它很贪玩，为此点点的妈妈特别担心点点的安全。

一天，蚂蚁气象台发出红色警报：“大家好，我是气象探测员。马上会下阵雨，持续约二十分钟，情况紧急，请大家立即撤至制高点！”

这时，点点正在地上绕方格，玩得不亦乐乎！点点的妈妈来叫点点，正在兴头上的点点哪听得进去，死活不肯撤离。

于是，可怕的一幕出现了：大雨从天而降，很快淹没了地面。点点的妈妈带着点点拼命向高处爬，可无情的雨水将他们冲入急流。点点的妈妈背着点点努力往前游，不让自己沉下去，因为点点的妈妈明白，假如她沉入水中，丧生的不只是她，还有点点。突然，点点的妈妈惨叫一声。原来，她不小心撞上了一块大石头，伤了一条腿。点点的妈妈用尽最后的力气背着点点爬上了一棵小树，抱住被狂风吹得摇摇晃晃的树枝，让点点搂住她的腰。妈妈咬牙坚持着，心中对自己说：“为了点点，挺住……”

点点知道妈妈是为了自己而拼命的，鼻子一酸，眼泪涌了出来，哭着对妈妈说：“妈妈，对不起，我错了，我不该这么贪玩。”妈妈笑着说：“傻孩子，哭什么，妈妈没事。”点点心中悔恨不已，仿佛有一个小精灵在指责他：都是你，你若不贪玩，妈妈能受这样的苦吗？这位伟大的母亲硬是挺了二十多分钟，直到雨水退去，才趴在地上长长地舒了一口气。

点点的妈妈见点点安然无恙，她笑了，笑得那样甜……

从那以后，点点再也不贪玩了。

点点的母亲创造了有史以来蚂蚁家族第一个奇迹，这个奇迹被命名为“神圣的母爱”。

（指导教师：田乐）

小狗的眼泪

杨柳依依

小狗躺在地上，泪水一滴滴从眼睛里流了出来。它勉强笑了笑："小猫熊，你终于可以回家了。可我多么留恋你呀！"它自言自语道，眼前又出现了那一幅幅画面……

那次，主人要带它去大森林里玩耍。别看小狗都三岁了，可对森林一点印象都没有，它以前只是跟着主人住在别墅里，逍遥快活而又寂寞单调。这回可激动极了！

一棵又一棵茂盛的大树，一只又一只可爱的小鸟出现在小狗的面前。它禁不住说道："大森林太美了！"但随即，它看见一只眼睛像大熊猫、耳朵尖尖、尾巴长长的小动物一闪而过。主人立即飞奔过去，追着那小动物消失了。

过了大约十分钟，小狗看见主人抱着那个小动物回来了。小动物显然在拼命挣扎，小手小脚一蹬一蹬的，可主人抱得它紧紧的。在这种情况下，想逃走是没门的。唉！

小狗跟着主人走出了大森林，主人边走边说："今天可赚到大钱了，一只小猫熊可以换多少钱呀！"原来这是小猫熊啊。小狗跟随主人回到了家，主人叫人送来个笼子把小猫熊关进去，放在了厕所里。小猫熊不断地叫着，是不是想妈妈了，想家了？小狗不明白，同样是动物，为什么小猫熊要用来赚钱呢？小狗决定帮助小猫熊。

这天晚上，小狗趁主人睡了，一直在咬笼子，想咬开笼子，放小猫熊出去。它不厌其烦地咬着，咬得笼子"咯咯"响，它的牙齿咯得生疼，铁丝上留下了许多痕迹。尽管疼痛难忍，可还是要咬，救朋友第一嘛。小猫熊看着，流下了感动的泪。可小狗咬了大半夜，仍是徒劳无功，牙齿怎么能比得过铁笼呢？

早晨，主人醒了，来到笼边看小猫熊。小狗急忙躺在地上装睡。在这段时间里，它想出了一条妙计。

主人中午打开笼门来喂小猫熊时，小狗猛地跳了上去，假装跟主人闹着玩。主人真是吓了一跳，可令小狗没有想到的是，主人先是用一只手关紧了笼门，才回头来看。望着小猫熊焦急的神情，小狗越发着急了。也许再过几分钟，主人就会把小猫熊卖掉呢!

这天晚上，主人照例来喂食物。在喂食物时，忽然听到小狗“汪汪”的惊叫声，那叫声越来越急。主人连笼门都没顾上关，就一个健步跑到了楼下。其实，这不过是小狗的计谋。小猫熊望着远去的主人，毫不犹豫地逃出了笼子。谁知刚逃到门外，就被一只大帽子扣住了，接着一只大手抓住了它，那正是小狗狡猾的主人。

小狗于是猛地向主人扑去，主人一甩肩膀，小狗便被狠狠摔在了地上。但小狗不会这么轻易就被打败，它紧紧抱住了主人的腿，用力去咬主人的脚。只听一声惨叫，小狗被主人踢了出去。小狗不服输，后退了几步，又猛地扑到主人脸上，抓主人的脸。主人的手终于松开了，小猫熊望了望伤痕累累的狗，含着泪逃走了。

结果当然是小狗被关进了厕所，还被狠狠毒打了一顿。但小狗并不后悔，因为它挽救了一只无辜的小动物。

现在，小狗趴在冰凉的地板上，望着空空的笼子，含泪说道：“小猫熊呀，祝你一路顺风！等到森林里成立了动物红十字协会，你便可以受到保护了。啊，我很想念你，你也一定要记住我呀！”

（指导教师：杨晓辉）

远方的萝卜地

黄金鑫

一片肥沃的土地上种着水灵灵的大萝卜，沿着小溪，不远处一座风车旁是一间漂亮的小房子，烟囱里飘出袅袅的炊烟，门悄悄地打开了……

小兔白白眉飞色舞地向老爸描述着他的梦，老爸看了他一眼，轻声地说："是吗？可惜只是一场梦。"白白有点儿不高兴："不，一定会有的，那儿太美了，不管有多难也一定要找到那儿，我已经下定决心要去了。"老爸只好说："行，我不拦你，但如果想家了，就回来。"他帮着白白收拾行李，并送他出了门。

白白每天都很辛苦地赶路，饿了就啃一口自带的萝卜，渴了就喝一口路边的山泉，累了就坐在大石头上休息一下，或是睡上一觉。尽管梦中的地方还没有找到，但是他却认识了很多朋友，像蛇、老鼠兄弟、大象伯伯等等，直到遇到了獾。

那一天，獾正在采集干果，一下子碰上了累昏的白白，就把他带回了家，喂他喝热汤，在他擦伤的地方敷上草药，白白很快就醒过来了。为了感谢獾，白白留下来帮獾收集干果。

秋天很快过去了，冬天悄悄来临了，不知什么时候，整个世界都变成了白色。白白坐在獾的房间里，喝着萝卜汤，看着窗外漫天的飞雪，慢慢地陷入了沉思。不知又过了多少天，一缕阳光射进了屋里。屋外，水滴从屋顶上滴下，白白喃喃自语道："春天了。我离开家快一年了，真有些想家呢！可自己还没有找到梦中的那片萝卜地，怎么办呢？"想到这，他告别了獾，又起身上路了。

过了没多久，眼前的景象让白白大吃一惊，一座山丘下的小溪边种满了水灵灵的大萝卜，风车下老爸正在向他挥手呢！他飞快地投进了老爸的怀抱，激动地说："爸爸，这是在梦中吗？""傻孩子，这都是真的。这一切都是你的好朋友蛇、老鼠兄弟、大象伯伯等共同努力的结果，你要感谢他们，你也要感谢你自己，是你的坚持不懈感动了他们。”

这时，门悄悄地打开了：蛇、老鼠兄弟、大象伯伯等一下子都跑出来了，围着白白和他的爸爸又唱又跳，好不快活。此时，白白心中的高兴劲儿真是无法用语言来表达，他流下了幸福的眼泪。

（指导教师：薛万久）

小动物代言人

徐暄璇

“起床了！起床了！”妈妈又在喊小蕾上学了。“知道！”一个闷声闷气的回答从被子里传出。妈妈走了，小蕾才伸出头，神色忧愁。

事情发生在前天中午，小蕾看书时惊奇地发现，她在跟一只兔子用语言交流，这让她吓了一大跳，的确，人怎么能跟兔子说话呢？即便小蕾再喜欢兔子，也绝不可能发生这样的事！最令小蕾头疼的事在后边，这个名叫花花的白兔子竟然让小蕾放他逃走。现在小蕾走在上学的路上，还不停想着这件事，以至于在课堂上被老师罚了站。回到家，小蕾迫不及待打开兔笼，这次她要弄明白到底是怎么回事！

“花花”，小蕾轻声喊着，那只小兔子抖了一下毛迅速来到门前，高兴地跳着，用尖尖的声音说：“太好了！我最怕你误解我的话，我不想被你们当野餐主菜。”说完兔子低下头。小蕾没反应过来，她平生第一次遇到这种事，兔子竟会开口说话。“你……你怎么会……会说话？”小蕾有些结巴。兔子得意地说：“这你不用知道，我一定要回家！我的小兔兔，我的小乖乖，哇——哇——”兔子说着大哭起来。小蕾说不出话来了，她第一次遇见这样的事，隐隐的同情心让小蕾决定帮助花花。

“什么，你说什么？不行，休想打兔子的主意！”小蕾妈妈晚饭时一听说要放走兔子，连连摆手说不行，腰两边的肥肉上下抖动着。小蕾想到以前和花花相处的日子和今天花花的哭诉，说道：“好妈妈，咱以后再买一只兔兔不行吗？”窗台上笼子里的花花一听，立刻冷笑一声：“再买一个？你家很有钱嘛！小动物的命在你们人类眼里这么不值钱！”小蕾自知失言，沉默一会儿，突然挡在小兔子身边，流着泪说：“妈妈，小兔子也是一条命呀！人类把它们搬上饭桌，是因为人类强大，可动物们多难过呀？有多少动物被捕杀，被伤害，他们的心也会痛的！要是我们以后被捕杀了呢？”“小脑袋里不知装了什么鬼东西，净胡说八道，你怎么知道兔子想什么？”“我就知道就知道！”小蕾气得跺起脚来。母女两个人闹得不欢而散。

小蕾难过地把兔子抱进了屋里，花花看着眼睛红红的小蕾说：“不要难过，小花很幸福了，只是再也见不到家人了。小蕾，你要记住我对你说的话，什么东西都经不得大量捕杀！我们动物也有感情，小花真的好爱小蕾哦，为我做了那么多。”说完，她仰了仰头吸吸鼻子接着对小蕾说：“你们人类会有报应的，动物有爱也有恨，大自然和动物不会再忍气吞声了！小蕾，你长大后一定要做保护动物的人，做动物的代言人，为它们争取生存的空间吧！我相信小蕾会做得很好的！”说着轻轻一跃，回到了笼子里。

十八年后，小蕾已经是小有名气的动物保护者，人们不知道这个女孩拼命保护动物是为什么，甚至有一次差点把命搭进去。小蕾心中一直记得那个夜晚，她把花花放走了。花花红宝石似的眼睛在夜幕下闪闪发光，似乎想说什么，却最终什么也没说，就头也不回地走了。小蕾目送它离去，从此，小蕾听不懂动物说什么话了，但是小蕾心里很清楚，花花的忠告和花花的神态动作都是真实存在过的，而她也会信守承诺到永远！

（指导教师：韦亚东）

未来人多罗

王语丝

一天，打开电子邮箱，突然发现有一封特别来信，发件人是：WEILAIKE@com。啊！好奇怪的邮箱名啊！我感到很吃惊，立马打开文件读了起来："你好！我是未来人，名叫多罗。当我们要去遥远的213世纪时，时光机器突然坏了，所以把我抛到了这个落后的时代。你可以收留我吗？我每天吃得很少，只要一点小面包屑就可以了。如果你同意就按确定，我立马会站在你面前。"

我毫不犹豫点击了"确定"，于是一位貌美如花的人出现了。我给她出了个主意，让她变成一个小绒球，这样就可以在我书包里待着了。

上课时，有一道超级难题，我冥思苦想了半天也没答上来，便有心问一问未来客多罗。可是我刚要张嘴，就听到："不许问我，你自己想。"我小嘴一撅，气得差点把多罗扔了，可最后还是舍不得，硬是压住了火气。奇怪不？我俩的内心交流，没有一个旁人能够听得到。

这天，我和多罗都生了怪病，发烧四十多度。爸爸妈妈上班了，我和多罗一点也不懂医，最后，她从自己包里拿出了一粒奇妙的药片——维娜，我吃了感觉好多了，而多罗呢，却拿不出第二粒，烧得极其严重。这下子我明白了，原来世界上仅此一粒。一会儿，不知怎的，她突然又发起低烧来了，我试着让她服了感冒冲剂和板蓝根。没想到，她居然好了。她说，是我的友情治好了她。

星期天，爸爸带我去公园玩，我当然忘不了小绒球多罗了。看到狮子和长颈鹿时，我发现多罗的眼泪慢慢流了下来。"狮子，长颈鹿！"她说，"在我们未来已不存在了，说起它们简直是天方夜谭！而我真真切切地看到了，回去告诉我的同类，他们肯定会羡慕死我的。不过，人类破坏环境实在太严重了，小动物找不到适合生存的环境，它们会慢慢消失的。"

就这样，我和小绒球亲密无间又快乐无比地生活着，直到——

有一天，一个外星人在网上给我发了条信息：“我是多罗的父亲，请转告她，‘给你十分钟的时间告别养你的人，之后你摸摸电脑，会把你吸进去的’。”

多罗读完信息，恋恋不舍地对我说：“我要走了，这一走就永远永远也回不来了！谢谢你陪我度过了这段难忘的时光，祝你学习进步，身体健康！我走了……”

我叫道：“多罗你别走啊！”她却什么也没多说，只往我手里塞了一样东西。低头一看，原来是四颗珍珠，上面刻着“友谊长存”。抬起头时，多罗已经不见了。

我一直收藏着这四颗珍珠，因为这象征着我和多罗的永恒友谊。什么，你想见识一下？我是不会让你看的，因为最宝贵的东西只能自己默默收藏。

（指导教师：杨晓辉）

最后的春天

吕佳瑞

天空悬挂着昏黄的太阳，一座座高耸的摩天大楼，大楼之间一条条纵横交错的道路，道路上是前不见头、后不见尾的汽车长龙，行人脸上的表情呆滞……这一切就是地球上最后一座城市的写照。

在这座城市的一家医院里，有一个男孩静躺在病床上，总是呆呆地望着天花板，眼睛里露着绝望的神情。他是一个孤儿，父母相继得了一种怪病不治而亡。如今，他也被这恶魔缠身，死神正慢慢向他逼近，他，也许熬不过这个春天了……

男孩知道自己的病情，所以总是以绝望的心情度过每一天。

有一天，他第一次来到窗前，向窗外望去，他惊奇地发现大楼的那边有一层密密的浓雾。他哭了，莫名地痛哭起来。他把手伸向自己的衣袋，拿出一张陈旧的照片，像捧着一件稀世珍宝，消瘦的脸上浮出一丝微笑。他已经很久没有微笑了。

从此，男孩变了。他开始进食，只要对身体有益的，他都强迫自己咽下去；他开始锻炼，只要能增强体质的，他都忍着剧痛坚持下去。因为一个信念支撑着他——浓雾后面，有他想看见的东西！

机会终于来了！他偷到了医生的通行卡，激动地扯掉病服，换上一身蓝色的衣服，左躲右藏，终于来到医院的大门口，凭借那张通行证，走出了大楼。

外面的世界对他来说并不陌生，与入院时一样，没有丝毫改变。不过这并不是他所关心的，他关心的是那片浓雾。这浓雾像一个罩子一样罩着这座城市，从他的头顶一直到楼群的后面。“它的外面肯定有属于我的记忆！”在这个念头的驱使下，他拖着疲惫的身躯慢慢向着那片浓雾移动。刚离开城区，就有一张网子拦住了他，上面挂着一块醒目的警示牌：“珍爱生命，禁止离开城区！”他不知道为什么不能离开城区，但这并没有阻止他的步伐，他爬过网子，继续向前走去。

沿途的景色越来越荒凉，仿佛只是单调的黄色。燥热的气流在空气中涌动，贯穿了他的全身，像被蒸干了一样痛苦不堪。远处依然是单调的黄色，而那团浓雾似乎离他很远。荒凉的土地、燥热的空气、痛苦不堪的身体，无一不让他动摇。可是，那美好的记忆却支撑着他的身体，让他缓缓地向前挪动。

转眼间，昏黄的太阳滑下了山坡，代替它的是同样昏黄的月亮。白天的燥热瞬间变得异常寒冷，连空气似乎也因严寒而凝固。呼啸的寒风如同刺刀向他扎来，冻得他瑟瑟发抖。

可这并没有阻止他的信念，虽然这时他的生命已经十分微弱，他苍白的脸已经被冻得铁青。他顽强地向前爬着，像一只被冻僵的虫子在蠕动。他越爬越慢，越爬越慢。终于，在严寒、黄沙、狂风、剧痛的逼迫下，晕了过去……

清晨在不知不觉中来临，稍稍湿润的空气吻遍了他的全身。他苏醒过来，虚弱地睁开了双眼，发现那浓雾就在眼前，于是他用尽全力站了起来，摇摇晃晃向前走去。

男孩挪动着脚步，走进了浓雾。这雾其实并不厚重，穿越它不是难题。慢慢地，雾外面的景象越来越清晰，而男孩却如电击一样呆立不动。在他的后面，是那层玻璃似的隔墙，前面是烧焦的土地，黄沙被风吹得漫天飞扬，几棵高大的树木带着满身的伤痕，受着烈日的暴晒，站在没有一丝生命的土地上。

看着这荒凉的世界，男孩哭了。强烈的疲倦感和来自内心深处的痛苦使他重重摔倒在地上。手中握着的那张照片随风飘扬，爸爸、妈妈，还有男孩正开心地在春天的草地上放着风筝……

这是战争爆发后的第十个春天，也是小男孩最后的一个春天。

（指导教师：郑金窑）

回到地球

刘　畅

在地球还可以看到蓝色时，为了一次太空探险，我离开了家园。谁想到，却在茫茫宇宙中失去了方向，也与亲人断了联系。尽管有充足的食物，但我依然想念我的家——地球。就这样，我挣扎了十年，终于见到了太阳系。一切那么熟悉，唯独找不到地球。

我见到了月球，但它在围着一个似乎黑炭般的星球转。

那，是地球么？我驾着飞船，飞近了。这，果然就是地球。我俯视着它，看着这个熟悉又陌生的地方，心中不禁一痛。

仅仅十年，十年！我的家，为什么会变成这样！我飞得更近了，看到了……海？不！这不是海，海不是紫色的！难道曾经的蔚蓝色已经消失了吗？

再找找江河吧！

找到了。所谓的江，就像牙膏一样缓慢流过。因为这儿几乎看不到水，只看得到泥。这，这也不是江！我操纵飞船降了下来。刚要走出舱门，才发现忘了一样东西：氧气筒。我努力呼吸着呛人的空气，几乎要窒息。

看着这一切，没有草，没有树，没有任何有生命的东西。曾经的一切，都是废墟。一个不切实际的想法闪过我的头：我要找找我的家。我又从飞船上取出一辆自行车，背上氧气瓶，在一个像路的平地上骑。

这种感觉真熟悉呀。当年，我骑自行车去上学，也是这种感觉。哪知道，失去了，才知道珍惜。

骑过一片片废墟，快到我家了，抬头一看，有一座山一般的土堆。我挖开厚土，找到了一块门一样的铁块把它刨开，里面，正是我曾经的家。我又找到了我的房间，里面有一张破床，那正是我的床。我躺在上面，想着：十年，仅仅十年，我家，地球，竟是这般模样，这样荒凉。为什么会这样呢？

我想起离家前人们为发展建设不惜浪费资源，想起当时笼罩在各国头顶的核战争的阴云，想起片片被毁的森林与草原……

唉，十年了，这里还是我的家吗？

（指导教师：杨晓辉）

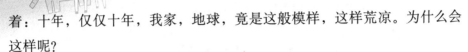

梦幻海底

张蓝天

在海边观赏灿烂的日出，真是令人心潮澎湃！

那天，我伫立沙滩上，只见白茫茫一片，分不清楚是水还是天。正所谓：雾锁山头山锁雾，天连水尾水连天。海水轻轻冲刷着巉岩，朝霞渐渐变深，如火如荼。一轮金日升得很慢，海水通红一片，像饱饮了玫瑰酒，醉醺醺地涨溢出光彩。最后，太阳干脆跳了出来，将靠岸的石油平台镀了一层金，又在海面上拖出了一条又长又宽的金色“大道”。

我激动地走上去，小心翼翼地拿出一颗透明、湛蓝的珠子含在嘴里。这珠子叫“避水丹”，由鱼的习水基因提炼而成。我将它吞下，一头扑进冰冷的海水里。我紧张地睁开眼，哇！我可以在水下呼吸！看见的物体也很清晰。我欣喜万分，缓缓站在水中的地面上，只见眼前是一座座海底城市。

宽阔的马路缀着“绿化带”——那是多姿多彩的珊瑚。各种鱼儿窜上窜下，水下车子来来往往，川流不息，红绿灯也正闪烁着。这些能源全来自海面上的平台，而平台上的机械全靠潮汐、温差来产生能源。两旁的楼房坚实牢固，人们安静和谐地生活着。这时，来接我的科学家到了，带我游览了动物园，有猩猩、猴子、大象等，它们都吃了“避水丹”，在栅栏中嬉戏。随后，我又去了学校，孩子们都在读书，乐在其中。吃了中午饭，我发现食物不受水的侵入。科学家告诉我，他们发现，用鱼肺泡裹着种子或鱼苗等放在“避水丹”熬成的汁中，过三天，再养起来，就能保持干燥，留出一些不这样做，可以让人们买回去煮汤。我听完，赞叹不已。吃着饭，真有一种新奇的感受。不时，还有几条小丑鱼追逐着游过。吃饱喝足后，我靠在椅子上，悠闲地看着饭店的装饰。壁纸是水草，吊灯外的罩子是甲鱼壳，桌子是珊瑚礁，门是绿色青苔石，十分朴素，显得自然而又奇妙。最后，科学家邀请我成为居民，我爽快地答应了。他们还带我去了“海洋科技发展馆”，戴上

4D眼镜，仿佛来到了以前的大海。

粗粗的铁管直通向大海，污水不断流进去，浑浊一片。大海疯狂地扑上来，又退下去，像个恶性未改的野兽。挺着几万丈高的身子，遮天蔽日，日月无光，它将身趴下，吞没了田野、村庄、物品、汽车……极尽所能地毁灭着。人们不会好好利用海洋，只将它当作废水处理场，它当然会发怒。而现在，人海相依，和谐相处，可好了！看完后，科学家说："城市的污水经过回收、净化，又变成纯净水，并且，我们已控制住了大海的核心，再也不会发生海啸。但我们也不能肆意污染海洋，人类依靠海的资源，海靠人类把它净化，谁也离不开谁！"

我欲上岸再招呼几个好朋友来大海居住，科学家们向我挥手告别："我代表大海欢迎你再来！"我笑了，抬头看见海上的那轮红日，感觉它好美、好美……

第二部分

菲菲的友谊小屋

如果你有空闲，就去那儿看看吧！也许在那，你还能寻觅到一份友谊呢。

——王明璇《菲菲的友谊小屋》

就做一颗石头吧

魏周斯塬

从前，有一块石头，躺在半山腰软软的泥土里。

早晨，他迎接太阳升起。晚上，他看着月亮在天空中值班。时间长了，它觉得生活可真平淡。

石头的头顶上有一片白云，经常随着风旅行，给他讲许多神奇的故事。

“有一次，我到了太阳公公的身边，太阳公公送我一身金色的衣服。”

“有一次，我到了大海，大海高兴地翻起浪花，跟我打招呼……”

云每讲一个故事，石头就踮着脚想：要是能变成一朵云就好了。

马上要下大雨了，白云很快就被从远处飘来的一堆乌云吞没了。

石头的心缩得紧紧的。

离石头不远，有一棵树，它有变魔术的超能力。

春天，树把一个个嫩绿的小芽儿串成项链，绕在自己的身上。

“多好看啊，我只有一件灰色的衣服。”石头羡慕着。

夏天，树神奇地变出一片片手掌大的扇子，扇啊扇，便扇走了炎热。

“不像我，每天都被太阳暴晒着。”石头感叹着。

秋天到了，天气一天天冷起来，石头更喜欢树了，因为树把自己变成了金黄色。

“多像阳光啊，看着就暖暖的。”石头兴奋着。

冬天，草枯了，花谢了，树又变出了白色的“小花”，一朵朵，晶莹剔透，美丽极了。

“我要是能变成树就好了，也做一个魔术师。”石头无限向往。

可是，有一天，那棵树被人砍了下来，运走了。

石头难过极了。

脚下有一棵小草，矮矮的，绿绿的，好可爱。

石头觉得做一棵小草也不错，能在风中跳起欢乐的舞蹈。

一天，一只虫子爬到小草上，啃起了小草的叶子，小草伤心地哭起来。

石头见了，也掉下了眼泪。

它一边落泪一边想：就做一颗石头吧！原来白云、大树和小草也有它们的烦恼呢！我是不是也有它们羡慕的优点呢？

我是一朵荷花

菡 菡

夏天是一位慈爱的母亲，它伸出手叫醒了我。

我从淤泥中钻出来，揉了揉眼睛，往四周看。雷阵雨叔叔告诉我，夏天来了。我连忙展开美丽的、娇小的、粉红色的花瓣。人们都夸我“出淤泥而不染”。

一阵微风吹过，我穿着粉红色的晚礼服，和伙伴们跳起舞来。荷叶哥哥也摇摆着身体为我们伴舞。蜻蜓弟弟在空中拍打着翅膀，为我们伴奏。小鱼妹妹吐出一串串水泡，为我们喝彩。我们的舞会真热闹！

风停了，我停止了舞蹈，静静地站在那里。小鱼妹妹游过来，对我说：“荷花姐姐，我昨晚做了一个梦，梦见我们可以在地上走了，还可以跟人说话呢。”我很高兴地说：“我也很希望能在地面上走。”蜻蜓弟弟又飞过来说：“荷花姐姐，你知不知道清早飞行可快乐了，能捕捉到许多小虫子。”

游人渐渐多起来，他们观赏着我们，指指点点。有位画家拿出画夹，在临摹我们；有个年轻人在为我们作诗；还有一个小女孩，正用卡纸剪出我们的形状。

这时，我听见有人问：“荷叶哥哥，我们飞累了，能让我们休息一会儿吗？”一个爽朗的声音答道：“可以呀！”我回头一看，原来是蜻蜓弟弟正在与荷叶哥哥对话。荷叶哥哥才露出尖尖的角，但已经有不少蜻蜓弟弟站在上面了。这让我想起了诗人杨万里的诗：“小荷才露尖尖角，早有蜻蜓立上头”。

我喜欢我的家园，喜欢我的朋友。

我是一朵荷花，一朵美丽的荷花，一朵快乐的荷花。

菲菲的友谊小屋

王明璇

清晨，薄雾弥漫。雾，将这静寂的森林霸占了。慢慢地，一轮朝阳从地平线的尽头逐渐显现，蛮横无理的雾见到了自己的天敌，吓得急忙逃开。

当雾消尽之时，在密林深处的碧绿草地中央，一座矮矮的小木屋清晰可见。猛然间，一个笨拙的身影在木屋门口闪现。咦？那不是小熊菲菲吗？

只见菲菲从吱呀作响的木阶梯上缓缓地走下来，径直走向了伸向百花齐放的美丽花园的幽幽小径。

哇！花园里什么时候又增添了这么多种鲜花啊？各式各样的花儿紧紧地簇拥在一起，形成了一个花的海洋。菲菲纵身一跳，一头扎进了花丛中。“嗯，这么多种花，采哪一种好呢？”琳琅满目的花让菲菲看得眼花缭乱，却不肯舍弃任何一种。“要不然，每一种都采几朵吧！”

别看菲菲今天一下采了这么多花，可实际上它却是森林里最爱护环境的居民，要不是为了一件特别的事情，它才不会这样呢。

回到家，菲菲先拿出几天前就制作好的标语带，把白色的花儿一针一线地缝在上面，一个漂亮的标语带就做好了。当然还不能忘记给它的周边染上漂亮的色彩。“还是染上红色吧！喜庆的颜色，多好啊！喜气洋洋的。”

做好了标语带，菲菲又用多余的小花把四周点缀了一番。菲菲的友谊小屋就在当天开业了。

如果你有空闲，就去那儿看看吧！也许在那，你还能寻觅到一份友谊呢。

蚯蚓的日记

张文锋

曾经拥有过，曾经辉煌过；曾经失败过，曾经痛苦过。撒下一片阳光，撒下一片希望，让一切重新来过。

——题记

黑夜·白天

这是我来到地球的第一天，周围的景象让我感到恐怖：无边的黑暗笼罩着地球，凛冽的寒风裹挟着漫天的哭声。我的血在沸腾，我的心在颤抖，我指天发誓：一定要让地球充满阳光、充满欢乐。

我飞往阳光浴场，让整个身体浸透光明，我把身体中的阳光洒向地球，从此地球上有了第一缕阳光，也有了第一个白天。

回到家才发现，我已失去了翅膀，我明白了，通向阳光的大道是充满荆棘与坎坷的。但我没有退缩，我下定决心，要用我的血液、我的生命去换取地球的光明。

寒冷·温暖

今天我走在大街上，看到所有的生物都穿着厚厚的棉袄，很是奇怪。打听了很长时间，我才明白，原来这阳光是冷的。看着他们痛苦的背影，我流泪了。

于是我爬上了珠穆朗玛峰顶，咬破自己的手指，把血液滴落人间，这是我第一次感受到什么叫疼痛。我咬紧了牙关，笔直地站立着，所有的寒冷一齐涌进我的体内，我默默地忍受着，终于听到了地球上第一声幸福的欢呼。

下山时我发现自己又失去了双臂，但我没有难过，没有流泪，因为我知道我的付出是有价值的。回头望望自己创造的温暖世界，我笑了，笑得很甜。

善良·希望

在地球上住久了，我发现地球上的生物全都是独来独往，而且生活很懒散，没什么积极性，我知道这是他们心中缺少阳光的缘故。我想：我一定要帮助他们，却总也下不了决心。直到那天，妈妈托梦给我："孩子，记住，一切付出都是有回报的。你的生命也将会因你的付出而散发迷人的光芒。"

我记住了妈妈的话，于是在一个风雨交加的夜晚，用嘴衔着刀切断了自己的双腿，让那浸透了阳光的双腿轻轻地走进了阴冷的心房。我轻轻地告诉他们：

"只要心中有片阳光，心灵就不会黯淡无光；只要心中有片阳光，生命就不会害怕风霜。"

地球完美了，我也平凡了。从此我成了现在的蚯蚓，没有手，没有脚，整天在地下松土，我要让生活的阳光照亮黑暗的地层!

蓦然回首，风光已去，不免有些痛惜与感慨，但我不悔我当初的选择，因为我深深地爱着这片土地。

（指导教师：郭玉凤）

苍蝇的幸福环境

许　晗

“啦啦啦，啦啦啦，我是幸福的小苍蝇……”我在垃圾堆边快乐地飞舞着。要说本苍蝇，可是超幸福啊！我生活的环境，总统来了都不换哟！

瞧我，天天围绕着露天垃圾堆，飞到这儿，飞到那儿，累了就在一个垃圾袋上歇着，饿了就在垃圾堆里找好东西吃。嘿嘿，这小日子过得，快活似神仙！

虽然城里每天都有收垃圾的车，但是，我绝对奉行“打一枪换一个地方”的原则，所以永远不会为“明天住在哪里”这个愚蠢的问题所苦恼。要是从出生算起，我住过的垃圾堆足有二十多个！这样，不管在哪里，我都可以当“苍蝇王国”的军师，负责苍蝇大军在遇到突发事件时转移阵地的工作。

最近的环境对于我们苍蝇来说可是太棒了，只要飞一会儿就会看见另一个垃圾堆，所以我们只会被人们打死，不会饿死啦！

就算那些人类真能把垃圾堆“赶尽杀绝”，那我也有办法。城外有一条河早被我盯上了。那条河从前是那么清澈，害得我们家族都不敢靠近那里。然而现在，有一座工厂，那座工厂老板还真够哥们儿，总是把污水排到河里头，不到几天，那里就成了“黑河”，是我们的地盘啦！唉，还得谢谢人类，不断地给我们创造生存的环境，太棒了！

要说这城市还真大，我有一次想要飞出城外，看看新的东西，然而飞了几天也没飞出去。要不是一路上有好多垃圾堆“支援”，我恐怕早就“牺牲”在“前线”了。不过，这也是好事。只要城市不断扩张，自然界的面积就会缩小，这可正是我们的愿望呀！想不到人类这么善解“蝇”意！

听说，最近的“温室效应”更加严重了。这也是我们想看到的！或许，等“温室效应”严重到无法再严重的时候，冬天就没有啦！到那时，我们苍蝇永远都不会消失了！哈哈！

我真是太幸福了。每天看着那灰色的天空，我心里就无比舒畅！这可是山里同胞所看不到的呀！如果它们看见了这儿的情况，一定会羡慕死的！

如果人类再这么发展下去的话，几十年后，环境一定会更适合我们苍蝇生活！到那时候，这儿就是我们苍蝇的一统天下啦！

（指导教师：杨晓辉）

第三部分

生活 · 爱

生活与爱如影随形，情同手足
需要用眼睛去发现，用手脚来构筑

相信吧，生活中付出爱才能收获爱
用心把爱来播种，小草也能长成参天大树

——鹿特丹《生活 · 爱》

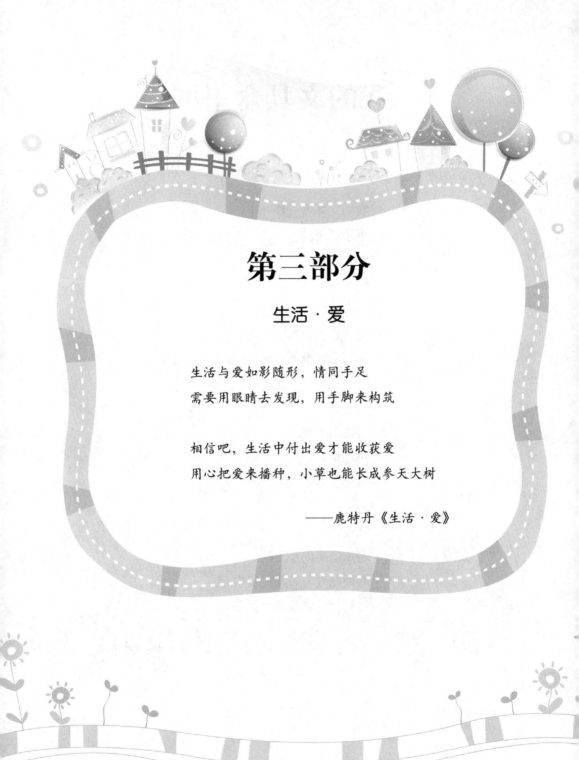

我的文具盒王国

刘梦涵

我的文具盒就像一个
小小的王国。

钢笔，
是有权有势的皇帝，
担当着作业本的主角，
谁都不敢抢他的风头。

铅笔，
是威风凛凛的将军，
协助皇帝，
完成皇帝下达的任务。

橡皮，
是王国里的小士兵，
时而照办着将军的吩咐，
时而接受着皇帝的派遣。

（指导教师：刘平友）

假如……

高　迪

假如我是一只小鸟
我要用自己的翅膀
带着地上的小动物
游览每一片天空

假如我是调色盒
我要用各种色彩
把整个世界
打扮成童话的城堡

假如我是一颗红色的心
我要飞进那些
坏人的胸膛
让他们都换成善良的肝肠

假如我是一副眼镜
我要让失明的人重见美丽的世界
假如我是一口泉水
我会让非洲的孩子都有水喝
……

啊，世上假如没有“假如”
一切又会怎样

（指导教师：张翊奇）

春来了

胡　银

当布谷鸟鸣响春天的闹钟，
当阳光将厚厚的白雪融化，
当翠绿的小生命冒出了土层，
当嘹亮的歌声穿透凝结的气息——
春，来了……

她来得那么轻盈，
她来得如此欢快；
她来得那么洒脱，
她来得如此温柔。

春，是一个播种的季节，
春，是一个成长的季节；
春，是一个编织爱心的季节，
春，是一个凝聚希望的季节。

春，比夏多了一份宁静，
春，比秋多了一份新奇，
春，比冬多了一份生机。

春来了，
她的美丽和魅力，
我们却总是道不明、说不尽……

（指导教师：谢黎）

春　雨

毛　琳

春雨
似银线
似轻纱
似珍珠
似水晶
……

春雨
落在池塘里
像滴进晶莹的玉盘
溅起了粒粒珍珠

春雨
落在树梢上
像千万把梳子
给枝条梳理着柔软的头发

春雨
落在大地上
卷起一阵轻烟
大地绽出一个个笑的酒窝

春雨是绿色的
撒到小草上

小草萌芽了

春雨是红色的
撒到野花上
野花盛开了

春雨是褐色的
撒到泥土上
泥土湿润了

春雨
似牛毛
似花针
似丝锦
似珠帘
……

（指导教师：谢黎）

草的渴望

俞　玺

我是一株小小的草，
生来就是大地妈妈的孩子。
有一个季节我最喜爱，
它就是五彩缤纷的春。

春，是个淘气的娃儿，
每当冬天一过，
便陪我玩个痛快，
我别提多高兴了！

春，是个温馨的姐姐，
它伴我成长，
我的喜怒哀乐，
它都知道。

我多么渴望，
春能多陪我玩玩，
春能在我身边转转！
春，你慢慢地走啊！

（指导教师：叶立华）

什么叫作爱

于睿昕

什么叫作爱，
我想来想去，
可怎么也想不明白。

我去问布谷鸟，
布谷鸟对我说：
只有帮助别人才能感受到爱。

我去问兔子，
兔子对我说：
只有接受别人真诚的帮助才能感受到爱。

我去问狐狸，
狐狸对我说：
只有全心全意照顾自己的孩子才能感受到爱。

我又去问看家狗，
看家狗对我说：
只有看好主人的家才能感受到爱。

最后我只好去问妈妈，
妈妈告诉我：
只有用眼睛去观察，用心去体会，

才能感受到真正的爱。

我终于明白了，
爱是奉献，
爱是接受，
爱是快乐，
爱是守信。
爱有很多很多，爱就在我身边！

（指导教师：刘晓楠）

爱是什么

杨朝敞

打开课本，
我发现
爱是栽在老师窗前的一株“紫丁香”；
爱是小刺猬和小獾相互的称赞；
爱是把“浅水洼里的小鱼”一条条扔进大海；
爱是萨沙盖在蔷薇花上面的雨衣；
爱是萧红笔下祖父的笑容；
爱是普罗米修斯给人类盗取的火种……

捧起名著，
我发现
爱是冰波笔下化解小白兔与胖小猪争吵的白云；
爱是王宜振诗中娘让孩子戴上斗笠的一声声劝慰；
爱是卓娅与舒拉的为国捐躯；
爱是冰心奶奶为我们写的一篇篇通讯；
爱是林海音对童年的回忆；
爱是卜劳恩画笔下那对可爱的《父与子》……

走进生活，
我发现
爱是汶川地震中母亲留给孩子的短信；
爱是被救少先队员郎铮的敬礼；
爱是生日时同学送的一件件小礼物；

爱是一家人开开心心出去游玩；
爱是碰到流浪小动物想把它们抱回家中饲养；
爱是捧着鱼缸把心爱的蝌蚪放回小溪……

其实，爱就在我们的身边。
只要你我愿意，
我们都能成为爱的天使。

（指导教师：薛万久）

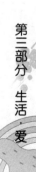

爱的遐想

冯尚宇

爱是一株万年青，
饱经风霜也不会褪色。
爱是一盆仙人球，
历尽沧桑也不会萎缩。

爱是一簇绿叶，
用无私的情操为玫瑰挡雨。
爱是一丛气根，
用奉献的精神为榕树谱曲。

爱是一朵祥云，
不声不响却降下甘霖。
爱是一枚钻石，
不言不语却照亮灵魂。

爱是一双睿智的眼睛，
为我们辨别人生的方向。
爱是一颗火热的心脏，
贴近它才会感受到它的力量。

（指导教师：钱敏燕）

爱之链

刘　璐

第一声嫩生生的啼哭
抚慰了父母火烧火燎的心
慢慢睁开毛茸茸的双眼
我好奇地来到这个世界

在父母的手中蹒跚学步
在父母的眼里咿呀学语？
在父母的呵护下
背着书包走向小学的起点

接连不断的事情随之发生
一次次成功换来一次次微笑
一次次失败换来一句句鼓励
……

这是，这是什么？
这是父母的爱之链
一链一链地传下去
永远永远……

（指导教师：郑金密）

当爱每一次靠近

付文倩

爱是什么
爱是一种发自内心的情感
爱是无私的奉献与给予
爱是心灵或多或少的触动
当爱每一次靠近
我们能得到更多的力量去前进

爱是你外出时母亲的一句叮嘱
爱是你受委屈时朋友的一句安慰
爱是你进步时老师的一句鼓励
当爱每一次靠近
是否该让别人也感受到爱的温暖

父母劳累时你端上一杯浓茶
陌生人跌倒时你热情搀扶
贫困儿童买不起学习用具时你慷慨捐赠
小动物受伤时你细心呵护
当爱每一次靠近
我们也要让爱靠近每一个人

感受爱传递爱才是爱的意义
收获爱释放爱才是爱的真谛

（指导教师：王文博）

母爱的四种意象

张之怡

母爱是雨伞，
每当下雨时，您总会为我撑起一片天空，
让我光着脚丫尽情撒欢。
母爱是风铃，
每当出门时，您总会不停地唠叨又唠叨，
让我每一步都伴随您的叮咛。
母爱是花锄，
每当万物复苏的春季，您总会除去丛生的杂草，
让我的生命自在又自足。
母爱是梧桐，
每当烈日炎炎的夏天，您总会托起一蓬绿叶，
让我恬然做着五光十色的梦。

（指导教师：吴娟美）

妈妈的手

黄语琢

妈妈的手，
有太阳的味道，
那么大，那么温暖，
抚着我稚嫩的双肩。

妈妈的手，
有月亮的味道，
那么轻，那么柔和，
牵着我走过困惑。

妈妈的手，
有星星的味道，
那么甜，那么亲切，
伴着我日益成长。

妈妈的手，
有天空的味道，
那么新，那么纯净，
带着我追逐梦想。

哦！不，
妈妈的手所有的
都是爱的味道。

（指导教师：李贵姣）

千纸鹤——飞向母亲

刘雨涵

知道我为什么去纸店吗？
我要买很多很多彩纸，
黄的、蓝的、白的、红的……
然后，叠啊，叠啊，把我的爱也叠进去。

岁月在流淌，
我已不知折叠了多少纸鹤，
飞了多少纸鹤。
但，有些纸鹤迟迟不愿撑开翅膀，
飞向远方，
有些被风吹得不知去向。
我不丧气，
仍然日复一日地叠着。
希望，有一只飞到我想让它去的地方。

母亲，我亲爱的母亲！
您是否在包中发现了千纸鹤？
若发现了，莫惊！莫奇！
因为，那是女儿用极富爱的双手折叠的。
小小千纸鹤啊！快去问候我的母亲！

（指导教师：叶立华）

生活·爱

鹿特丹

如果说生活是世代相传的乐谱
爱就是生生不息的旋律

如果说生活是无边无际的大海
爱就是波光粼粼的涟漪

如果说生活缺不了大自然的动物和植物
爱就是对小鸟、树叶和土地的呵护

如果说生活离不开父母和老师、姐妹和朋友
爱就是一句句问候，一个个微笑，一点点帮助

生活与爱如影随形，情同手足
需要用眼睛去发现，用手脚来构筑

相信吧，生活中付出爱才能收获爱
用心把爱来播种，小草也能长成参天大树

（指导教师：翟凤玲）

爱的援手

孙慧慧

青龙一小五（10）班女生张小钰，2010年12月被确诊为“急性淋巴细胞白血病”，人们纷纷将爱心传递……

那一刻
病魔突如其来
她面临生命危险
病魔的侵袭
使她跌进了灾难的漩涡
她发出的呼救声
震撼了整座城市
人们伸出了爱的援手
挽救她的生命
爱的翅膀
带着希望之光
自蓝天而降
她成了人们关注的焦点
病魔无情，人间有爱
爱的光芒
彩虹般架起祝福与现实的桥
到处播下善良的种子

（指导教师：张翊奇）

与爱拥抱

——献给灾区

刘宇晨

灾难在风中咆哮，
人在黑暗中企盼光明，
不要绝望，
虽然天在崩，地在摇，
有我们一直为你祈祷！

请抬头仰望苍穹，
那颗最亮的星上有你的梦想！
即使心跳还剩最后一秒，
也要微笑着与爱拥抱，
让土地见证生命的不屈不挠！

（指导教师：郭玉凤）

第四部分

不一样的爱

我非常庆幸，慈祥的妈妈给了我温暖，严厉的爸爸让我学会了坚强，我在不一样的爱里健康成长。

——李谈圣爽《不一样的爱》

“我爱我家”W版

王久红

电视剧《我爱我家》的热播，让人们津津乐道。我的家很普通，也不富裕，虽然时有“战争”爆发，搞得“硝烟弥漫”，其中却不乏乐趣，热闹非凡。我的家由老实憨厚的爸爸、精明能干的妈妈和没心没肺的我组成。虽然只有三个人，但论开心程度，毫不逊色于超级大家庭。下面就请看“我爱我家”W版两则真实的小故事。“W版”者，我们的独家版本也。

先拿上舞蹈班来说吧，爸爸、妈妈是各持己见：爸爸认为上六年级了，时间紧，学习任务重，还是暂停一年吧；而妈妈认为既然已经学了那么多年了，就不要半途而废……就这样，他俩为此事争得面红耳赤，可谓“唾液流下三千尺，真是飞沫落九天”！不过，他们最后还是很民主，把拍板权让给了我。经过一番深思熟虑之后，我选择继续上舞蹈班，因为我认为兴趣培养并不会影响课业学习。

“吃芥末比赛”同样给我家带来了无穷乐趣。有一次，爸爸做菜时芥末放多了，为了不浪费粮食，为了谨遵“谁知盘中餐，粒粒皆辛苦”的古训，我们举办了一个“吃芥末比赛”。爸爸首当其冲，看他若无其事的样子，本以为他初战告捷，没想到过了一会儿，两股泪水像奔腾的小溪一样从他的眼角流了下来。这时妈妈自告奋勇，也冲了上去，大有“巾帼不让须眉”之势，结果还是不尽如人意：泪水同样流得稀里哗啦。看着他们花容失色的样子，我不禁放声大笑，没想到这一下可惹祸了，爸爸妈妈联合组成了“特种部队”向我开火，吓得我乖乖举白旗投降——提起胆子吃了一口芥末。刚吃下去时，还不觉得怎样，正得意间，鼻子一酸，眼泪就随之汹涌而出。三个人你看我，我看他，最后一起捧腹大笑。从此，“吃芥末比赛”成为我们的常规节目，让家变作一个充满欢声笑语的“火辣辣”的小舞台。

“我爱我家”W版还有许多精彩的逸事，限于时间，到此暂时告一段落。如果你感到不过瘾，欢迎到我家来做客，保你满载快乐而归！

（指导教师：张凯）

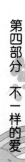

地震后的第一个生日

刘沚漾

橙色的救援服，白色的大褂，绿色的军服……定格在那个黑色的下午，构成一幅令我刻骨铭心的画面。

依然噩梦般陷在地震带来的阴影——震惊后的恐惧，恐惧后的担心，担心后的悲伤中而无法自拔。思绪万千时，一个特殊的日子慢慢踱着步子向我走来——2008年5月20日，我八岁的生日。

——写在前面

太阳慵懒地从东边徐徐升起。阳光穿过薄雾，透过半遮半掩的窗帘，朝霞洒在妈妈的脸上，泛着朦胧的光。她双手撑住床头，手指微微蜷缩，俯下身望着睡眼惺忪的我，嘴角含笑：“今天是你的生日，想要什么？”

八天前那个震撼人心的画面依然让我揪心，竟然忘了今天是自己的生日呢！眺窗而望，街上的行人甚为寥落，大家躲的躲，藏的藏，谁有心思管店铺。平日里熟悉的甜品店，此时不知已是何面目。

想起那香甜可口的生日蛋糕，白白的奶油一朵朵盛开在松软的蛋糕上，甜而不腻；一块水果嵌在其间，香气四溢，清凉解渴；再加上蛋糕经过烤箱的洗礼，变得奇脆无比，一咬之下酥皮乱飞。真是美味啊！忍不住咽咽口水，突然好怀念以前过生日时的蛋糕，怀念曾经拥有它的日子。

妈妈笑了，没有过多的言语，只是让我等着。然而，昔日繁华的城市被冠以“灾区”的名称，再想拥有一个生日蛋糕，那该是一件多么奢侈的事啊！

爸妈出门了，我对希望的憧憬越来越强烈，可窗外依旧不见那熟悉的汽车。为了打发时间，我来到了外婆家的后院。不大的后院被外婆布置得像一个植物的王国：葱翠的竹子、挺拔的黄角兰、低矮的桃树、娇小的桂花树，还有能满足我们口福的樱桃树、李子树，一条碎花岗石小路蜿蜒在草坪间，倚墙而建的是带长廊的凉亭。长廊旁的水沟里，一尾尾调皮的小鱼是我的伙伴，看着它们的嘴一张一合贪婪地吃着面包屑，有趣极了。

久了，一切却变得索然无味。时间匆匆流过，一小时，两小时，我开始着急了：蛋糕哪儿都有，为什么爸妈还不回来？墙上的挂钟依然不紧不慢“滴答”着，我焦躁不安地走来走去，爸妈会不会出事，毕竟还有余震……心就像沙漏一样，愈发沉重，因为紧张，手不自觉地使劲拽着衣角。

门外终于响起了久违的敲门声，我冲过去拉开门锁，正想询问爸妈情况时，一个漂亮的大蛋糕迎面扑来：“在哪儿买的，这么大？”

“这是我们跑遍了市区才买到的！”爸爸得意扬扬地说着。大脑停止了思考，德阳有多大？望着爸爸脑袋上那晶莹的汗珠，想想这特殊的时候，我还有什么资格抱怨？刹那间，有什么东西哽住喉咙……

揭开蛋糕盖，一条腾空欲飞的蛟龙映入眼帘，在蓝天碧水中穿梭，上天入地，随心所欲，俊美的身影令人羡慕。突然明白爸妈良苦的用心。

轻轻拿起一小块蛋糕，小心翼翼放在嘴边，一股股奶香夹杂着果汁的味道，沁人心脾。慢慢嚼着，慢慢浸化它，醇厚浓香，一丝酒味潜入心扉，微苦，却幸福，满满的爱的味道……

（指导教师：葛荣弟）

不一样的爱

李谈圣爽

我永远不会忘记那个晴朗的冬日！那一天，我在体育场溜冰时不小心摔了一跤，右脚韧带大面积拉伤，踝关节急剧变肿，筋也错了位，医生说要休养二十多天才能走路。

望着我那肿得像萝卜似的脚，妈妈眼眶红了，一个劲地问我："疼不疼？"爸爸则拍拍我的肩膀说："没事，过几天就好了。"

我每隔一天就要到医院换一次药。我家住在四楼，每次到医院换药，是妈妈最受累的时候。瘦弱的妈妈背着七十多斤的我蹒跚地爬上爬下，常常累得上气不接下气。好多次，我望着气喘吁吁的妈妈说："妈，您太累了，休息一下吧，我自己走。"但妈妈总是说："傻孩子，你的伤还没好，不能用力，否则会留下后遗症的。"有时，我疼痛难忍，难以入睡，妈妈就一边抚摸着我的头，一边给我讲格林童话故事，直到我睡熟了为止。

爸爸是个硬汉，对我从小就严格要求。这次出事，按他的估计，过十一二天就能康复，但二十多天过去了，我仍然不敢下地走。爸爸便决定对我进行走路训练。我咬紧牙关，轻轻地向前走，跌倒了，爸爸叫我自己站起来，走不好，爸爸就严厉地说："走好步。"每当望着爸爸那双严肃的眼睛时，我就想大哭一场，可我又忍住了，因为，我知道，爸爸是想以此磨炼我的意志，使我成为一个不畏艰难，百折不挠的人。他的严格与妈妈的慈祥相辅相成。他和妈妈一样，是这个世界上最爱我的人。

我非常庆幸，慈祥的妈妈给了我温暖，严厉的爸爸让我学会了坚强，我在不一样的爱里健康成长。

（指导教师：李艇）

父爱如山

诸兰馨

人们说，父爱如一缕暖暖的阳光，照耀着大地上的小草；父爱如一滴晶莹的玉露，滋润干渴的花儿；父爱如一块肥沃的土地，给树苗提供充足的营养……我却要说，父爱如山，既给我们无形的压力，也给我们源源不断的动力！

在我的记忆里，妈妈关心着我，爱护着我，而爸爸，只是关心着自己的工作，对我的学习却是要求十分严格。每一次对我都是很凶，让人感到害怕，不敢直视。我一直以为爸爸并不爱我，但是，那一次，我明白了，爸爸是爱我的，只不过，他不善于表达罢了。

那天晚上，我埋头做着奥数卷，交给爸爸检查后，他虎着脸，瞪着眼睛说："十道题里面，你做对了几道？自己看一看！"我接过来一看，一个个醒目的大红叉叉，映入了我的眼帘。看着爸爸生气的脸，我的眼泪一滴一滴落了下来。爸爸似乎没有心软，反而更加生气："哭什么哭！给我回去写！"我哭着走回了房间，"啪"的一声关上了门，扑在床上大哭起来。哭了一会儿，我躺下来，盖上被子，抽噎起来。

过了一会儿，门"吱呀"一声打开了，一个身影悄悄走了进来，在我的书桌上，放下了一张纸，然后离开了。我走到书桌旁，拿起那张纸，上面记录着每一道题目的解题方法。我看着满满的一张纸，眼眶不禁再次湿润了，大滴大滴的泪珠落在桌子上。最后，我看到了一行字："也许我的严厉中带着无情，但我都是为你好。"

只要以感恩的心去看、去听，你就会发现父亲对你的关怀，因为——父爱如山！

（指导教师：吴娟美）

父爱是天空、是海洋

段韩旭

我是一只小鸟，爸爸的爱是天空，我飞翔在父爱的关怀中。

我是一条小鱼，爸爸的爱是海洋，我游弋在父爱的温馨中。

我的爸爸是一名普通的教师，在我眼里他却是世界上最伟大的爸爸。

记得有一年严冬，我上学少穿了一件棉袄，冻得我直哆嗦，我搓着手心里后悔没听妈妈的话。这时听同学说：“段韩旭，你爸爸来了！”我走出教室，只见爸爸微笑着，手里拿着一件棉袄，“来，穿上吧。”我穿上棉袄，身上暖和了，心里更是暖洋洋的。爸爸说：“以后要注意啊。”我笑着使劲地点了点头。回到家里，妈妈听说后，狠狠训斥了我一顿，正要打我，爸爸笑着走过来，说：“小孩子不懂事，算了吧。”我感激地看着爸爸，爸爸用宽容教育了我。

还有一次，我在外面闯了祸还对妈妈撒谎，妈妈的批评让我脸红，我流下了悔恨的泪水。爸爸见了急忙给我擦干眼泪，给我讲道理，并对妈妈说：“打骂孩子不是最好的教育方法，要给他们讲道理。毕竟还是小孩子嘛。”爸爸又给我讲了好多道理，让我心悦诚服地认了错。

我一天天长大，知道了要感恩父母。我会在父母劳累的时候递上一杯热茶；吃完了饭，我会让爸爸妈妈休息，我来洗碗。

我有一个好爸爸，他让我知道了什么是爱。我在爱中成长，心中亮着一盏感恩的灯，照亮我的人生路！

（指导教师：李小宁）

父爱像奶糖

郭锦钊

上个星期六，是爸爸的生日，粗心的我居然忘了个一干二净，在妈妈的提醒下才想起来。

比起之前妈妈过生日时那份隆重，爸爸的生日待遇真是相差太远了。妈妈过生日那天，有大蛋糕，有礼物。我还用自己的零花钱，给妈妈买了一个漂亮的生日卡片。我看着妈妈，深情地说："妈妈，今天是您的生日，祝您生日快乐！"妈妈开心地笑了，脸上洋溢着幸福、甜蜜的笑容。爸爸的生日，却很冷清，没有蛋糕，没有花，也没有礼物。

我当然明白，当我坐在桌前写作业时，是爸爸提醒我，坐姿要端正；我遇到难题不会做时，是他耐心给我讲解；当我晚上睡觉踢被子时，是他用那双大手小心翼翼把我被子盖好，然后默默地离开。还有，还有……

可他的生日，我从来都没有送过礼物。爸爸喜欢什么，我也不知道，思来想去，最后，还是问了妈妈才知道，爸爸喜欢吃奶糖。奶糖是很平常的糖，它不像花生糖那样芳香，也不像巧克力那样可口。

第二天，我在妈妈陪同下，买了一包悠哈奶糖，然后用漂亮的包装纸认认真真包起来，再用彩带系好。回想起爸爸往日对我的点点滴滴，心里难受极了。于是，我在一张卡片上反反复复写了好几遍，最后终于写下了端端正正的一行字：爸爸，我爱您!

我把礼物送给了爸爸，不善言辞的他收下了礼物，脸上露出了开心的笑容。

人人都说父爱像一座山，而我却认为父爱像奶糖，只要一点点，就让你甜到心底。

（指导教师：陈虹）

寻找母爱的足迹

翁畅妍

从小到大，我人生的道路印上了大大小小的足迹，那是母爱的足迹。母亲与我的故事，被我埋在心灵的深处。

我五岁的时候，刚刚开始学习弹钢琴。最先，我要学认谱，可是记忆力奇差的我常把“咪”看成“哆”。见我再三犯错，加上不认真，妈妈毫不留情朝我的屁股打去。我吓得向边上一倒，鼻子磕到了尖尖的桌角。我下意识摸摸鼻子。呀！流鼻血了！我看着那沾满鼻血的手，吓了一大跳。我胆怯地看了妈妈一眼，妈妈正凶巴巴盯着我呢！那眼神分明在说：自己处理去！我极不情愿地去客厅拿纸。

第二天，爸爸悄悄对我说：“孩子啊！妈妈打你是为了你好啊！昨天，妈妈打了你之后，躺在床上偷偷哭呢！其实，打在你身上，就像打在妈妈的心上！”我愣住了。

还有一次，我夜里发高烧39℃。妈妈焦躁不安，不停给我送水、测温、换毛巾、送水、测温、换毛巾……一刻也不停歇。看着那忙碌的身影，我的眼睛不知不觉湿润了，用沙哑微弱的声音对妈妈说：“妈！您就别忙乎了！看您满头大汗的样子……坐下……坐下来歇歇……咳！咳！咳！咳……”“你瞧你！嗓子都哑成这样了！还敢说话！哎呀……唉！你看你呀！又咳了！被子盖好了！妈妈给你端杯水来，你别动……”“妈妈！别、别忙了！”“哎呀！别管我！小孩子还管起大人来了啊！哈……欠！哈欠！”啊！妈妈感冒了！我的眼泪不听使唤，“吧嗒吧嗒”地落了下来。“哎呀，你怎么哭了？一定是头又疼了，快喝水、喝水……”

第二天，我的病在妈妈的精心照料下全好了。可是妈妈却感冒了，还一个劲地说：“妈妈是大人，不要紧！不要紧的！”我再一次落泪了。

妈妈！我亲爱的妈妈！您是那火热的太阳，用您最最无私的阳光——爱，时时温暖着我弱小的生命！您是那碧蓝的大海，用您最最纯洁的水滴——爱，刻刻滋润着我幼稚的灵魂！妈妈，我怎能不爱您？

（指导教师：唐禧）

当你以为我没在看你时

朱　琦

秋风拂过我的脸颊，我感到一丝凉意，眼中的景物是那么萧瑟。这一切只因我手中那张考分以“7”开头的数学考卷。我背着书包，拖着沉重的双腿，一步一步挨回了家。

开了门，依旧是妈妈那张笑容满面的脸：“琦琦，考了多少分哪？”当我把考卷递给她时，妈妈一下子改变了脸色，笑容变得无影无踪，眼神中充斥着怀疑：“这是你考出来的？”语音中分明带着几丝颤抖。我无力地点了点头，心里深深地自责，接着，妈妈对我进行了一番狂轰滥炸般的数落。

我坐在椅子上，不停地抽噎着，可妈妈自顾自进了厨房。这时我心里的自责已经完全消失了，取而代之的是对妈妈的恨。我抓起一支笔，在考卷上一笔一笔地划着。

一个声音突然在我心中响起：她骂了你，你不想看看她在做什么吗？好奇心驱使着我悄悄打开了厨房门，天呐！我看到了——

妈妈开大了水龙头，双手捂着嘴，肩膀上下抽动着。是啊，我看到了，我看到了她在伤心地哭泣，晶莹的泪水就像断了线的珠子般滚落。她头上的白发显得更刺眼了，这每一根都是为我这个女儿操心操的呀！她脸上的皱纹似乎也更明显了，这都是为我这个女儿操心操的啊！好一会儿，妈妈才止住了哭泣，开始蒸我最爱吃的小黄鱼了。

我轻轻地掩了门，坐到了书桌前，认真地订正起来。

再一次交到妈妈手中的，是一张“100+5”分的数学考卷，里面还附了一张纸条：“当你以为我没在看你时，我看到你在伤心地哭泣，那时我就发誓，这辈子都不会让你再伤心哭泣。”泪水，模糊了两代人的眼睛……

（指导教师：吴娟美）

给妈妈当“妈妈”

马昕怡

“只要妈妈露笑脸，露呀露笑脸，云中太阳……”打开音乐书，我唱起了这首动人的歌谣，一边唱一边瞧了妈妈一眼。

妈妈生病已两天了，病魔折磨得她脸色苍白，看起来无精打采的。我多么渴望妈妈快点好啊！看着床上的妈妈，我不禁想起了小时候我生病时妈妈细心呵护我的情形，妈妈是那么温柔、体贴，我的病很快就好了。可是现在的妈妈……唉！我不禁担心地叹了口气。

妈妈一直很安静，可就是不吃饭。又到中午了，我忽然灵机一动，对妈妈说：“老妈，现在开始，你就是我的‘宝宝’，我就是你的‘妈妈’，你说好不好？”妈妈笑着说：“你这个主意想得好，我听从。”我一蹦三尺高：“耶！老妈，哦，不是，是‘宝宝’同意了。”这时老爸把早已熬好的美味莲子粥端了过来，我对妈妈说：“来，宝宝，我们把粥喝了好不好？”“不好不好！”妈妈撒娇似地求我，我理直气壮地说：“别忘了，现在，我才是妈妈，你只不过是我的‘baby’，你什么都要听我的！”“好吧！”妈妈只好答应了，苍白的脸上浮现出笑容。

坐在妈妈的身边，我轻轻搅了搅粥，舀起一勺说：“宝宝乖，吃饭饭了，吃了病就好了！”妈妈乖乖张开了嘴，我又微微吹了口气，缓缓递到妈妈的嘴角边。妈妈喝着粥，我表面很严肃，心里却偷偷乐，看妈妈小口喝粥的样子，真像一个可爱的小“宝宝”！

给妈妈喂完粥后，已经是下午三点了，妈妈还要我给她讲故事。我早就失去了耐心，可当想起自己生病时妈妈给我喂饭、讲故事的情景时，就又安静地坐下来，开始给妈妈讲故事了。陪了妈妈一个下午，妈妈的脸色红润起来，晚上就能下床走了。妈妈闪着泪花对我说：“女儿，我本以为你会不耐烦，没想到整个下午都是你照顾着我。”我说：“叫错了，你才是‘女儿’，我是妈妈呀，只要‘宝宝’病好了，妈妈做什么都行，这可是你对我说过的话呀！”妈妈听了，一下子把我搂进怀里。

呵呵，给妈妈当“妈妈”，这感觉真棒！

（指导教师：李春霞）

茫茫情海何以报

谢桐萌

“咿呀咿呀，咿，咿呀……”当我牙牙学语之际，妈妈，面对这单调乏味的声音，您始终予我以慈爱的目光。您也许在疑惑，窗外的日月星辰，怎么会飞快地跃动在地平线上呢？殊不知，您的青春年华，正随波而逝。

四处不见我摇晃的身影，您捧着暖暖的牛奶，“啪嗒——”碎了一地玻璃碴。您的脚步是无声的急促。当失望传遍每一个角落，整个房子都显得空空荡荡的时候，从床下冒出顽皮的我，您的泪终于忍不住滑过眼角。

工作的劳苦，打理家事的烦琐，交织在一起，如窗外的风霜，让您一天天苍老。直到见了我，您的心情才轻松了许多。您偶尔哼哼歌，偶尔回头一望，沙发上没了我的踪影，眼神微微一定，却发现客厅的一角，一个小小的身影，无声无息地，拿着什么在那儿胡乱挥舞，一旦察觉您的目光，立即缩回沙发上看电视，嘴角渗出痴痴的笑。您的眼睛，顿时晶莹得像泛着光的宝石，把那些细小的纹润泽得光亮。

记忆中有不寻常的甜蜜，也有深深的痛。似乎是三年级的一个早上，床边的窗帘不安地晃动着，空气中渗满萧条的味道，我咳嗽了一夜，心情也变得莫名地烦躁。不管墙上的时钟是顺转还是逆流，就算时间错乱也与我没有关系，只顾躺在床上，大声地咳、尽力地咳、疯狂地咳，虽然痛苦，却随心随性，居然还有些喜欢这种感觉。一阵阵叹息让我发现了倚在门口的您，突然觉得有些破坏了我随意的情趣，“干吗唉声叹气的？我又没怎么样！”话一出口，我就后悔了，这纯属不识好歹、无理取闹、以恶相对！我抱着甘愿受罚和后悔的心态，卧在床上等待。“来，儿子，快穿衣服，我们去医院。”您还是这样慈爱，还是这样温柔，于是乎，我的眼泪不听话地流了出来。

在我的成长历程中，弥漫着或是一团雾，或是一阵烟的爱的味道。而这些味道，和着回忆的点点滴滴，最终汇成一片汪洋大海。

“茫茫情海何以报？”我这样质问自己。

“从现在开始，汇聚一片回报的海洋！”我又这样叮嘱自己。

（指导教师：葛荣弟）

两杯白开水

吕文静

请记住：母亲已将全部的爱都倾注在你身上，你理应以双倍的爱报答于她。

——题记

那个晚上，八点多了，我还没有写完作业。妈妈看见我作业写得慢腾腾地，却并没有责骂我，反而给我倒了一杯水，还温柔地说："累了吧？歇一会儿再接着写。"这一杯普通的白开水，却让我心中升起丝丝暖意。

我犹豫了一下，从书包里拿出数学试卷。再次看着那张87分的试卷，心像刀绞一般。我从来没有考过如此差的成绩！我不想再看那刺眼的分数，索性扭过头去，一步一步挪到妈妈身旁，把试卷递给她，与此同时，两行清晰可见的泪痕浮现在我脸上。妈妈看到分数时，嘴唇一动，似乎想说什么，却欲言又止。第二天早晨起来，妈妈像往常一样给我做好香喷喷的早餐，不同的是，早餐旁多了一张字条："小静，这一次虽然没考好，但我们还可以继续努力呀！"我拿着字条，反复地看，它不是一张普通的字条啊，更是一张充满爱的字条！

随后，我倒了一杯白开水，递给正在织毛衣的妈妈。妈妈微微一笑，接过杯子，一饮而尽。喝完后，还闭上眼，似乎在品尝世上独一无二的味道。

"好喝吗？"

"当然好喝！它清醇、甘甜。"

"为什么？"

"因为里面包含了你对我浓浓的爱！"

“那我以后天天给你倒水喝！”

“好呀！”妈妈的脸笑得像一朵灿烂的花。

噢，我明白了，小时候，妈妈是我的小棉袄，用心来呵护我。现在，我要当妈妈的小棉袄，用心来呵护妈妈！

妈妈，我只想对你说一句话，希望不会太晚：“辛苦了，谢谢您！”

（指导教师：高兴磊）

妈妈，我想对您说

黄雨露

妈妈，我已经十岁了，已经长大了。可是，在您眼里，我永远都是个长不大的孩子。今天，女儿就斗胆跟您说说。

妈妈，您从不让我独自出门，总把我这只孤单的小鸟关在牢固的笼里。在这里，我向您提提建议：对于回家的几条路我早就熟透了，有关安全知识我早就掌握了，让我这只小鸟独自飞翔吧！那样的话，您就不需要天天送我上学，接我放学，就可以多休息休息了。妈妈，请您不要再找什么借口，我多么渴望能得到您的理解和支持！

妈妈，我还想说，我已经能自己做家务和整理房间了，可您却从不让我干活，害得我总是“衣来伸手，饭来张口”。妈妈，您肯定不想让我成为一个小懒虫加书呆子吧！那就请您放下您的担忧，让我和您一起做可口的饭菜，一起拖地板，一起整理房间，一起来装扮这个温暖的家吧！

妈妈，我想说的很多很多，希望您以后能耐心地听女儿说完。不要老说我现在还是学生，要抓紧时间学习，然后头也不回就走了。亲爱的妈妈呀，女儿已经长大，就让我尽一尽自己的孝道和义务吧！

（指导教师：郭小英）

我给妈妈看手相

程清逸

“妈妈，我给你看看手相。”我兴冲冲地对妈妈说，想把今天在学校做的游戏给妈妈展示一下。妈妈面带微笑走了过来，伸出了她的右手。我握着妈妈的右手，仔细观看，这是妈妈的手吗？在我的记忆里，妈妈的手一直是白白嫩嫩的。也就是这双手，像美妙的五线谱，伴我度过一年又一年。而如今，妈妈的手粗糙不堪，干枯的手背，刀刻般的皱纹……妈妈天天洗衣、做饭、拖地……这个家是因为妈妈才如此亮堂、干净。抬起头来，望着那再熟悉不过的脸，望着那关切的眼神，我的眼睛蒙上了一层水雾，往事顿时一幕接着一幕浮现了。

那是一个深秋，窗外“哗哗”地下着雨，摇曳出深深的寒意。这天晚上，我突然发起了高烧，妈妈煞白的脸上写满了恐惧与不安，她的呼吸变得急促了。我迷迷糊糊地感觉到妈妈给我喂药、喝水、量体温……可是，我的体温仍然没有降下来。妈妈于是轻轻扶起我，给我穿上厚厚的衣服、袜子、鞋、雨衣，抱起我，三步并作两步，匆匆赶往医院。第二天，当我醒来的时候，见妈妈焦急地坐在床边，眼里布满了血丝。看到我醒来，她深深松了口气，高兴地把我抱了起来。我发现一向穿着讲究的妈妈身上只穿着薄薄的衣服，赤裸着脚，穿着拖鞋，说道：“妈妈，你怎么没穿鞋子，还穿得这么薄？”妈妈这才发现自己的窘态，哈哈大笑起来。我伸出手，摸了一下妈妈的脚，真凉！那一刻，我特想哭，为这伟大而真挚的母爱。

妈妈在我心里一直是性格开朗、坚强的人。记得我上二年级的时候，有一次，爸爸出差，妈妈下班后，脸色蜡黄，豆粒大的汗珠从额头上掉下来，她捂着肚子在沙发上坐着，窗外已亮起万家灯火，我的肚子也“咕噜咕噜”饿得提起了抗议。这时只见妈妈缓慢而又吃力地走到厨房，我忙问：“妈妈，你要干吗？”“给你做饭啊！”“你肚子疼得这么厉害，你去休息，我来想办法。”妈妈轻轻摸着我的头，强忍着疼痛，挤出了笑容，说：“好孩子，你小，锅台太高，等你长大了再帮妈妈。”看着妈妈的身影，我不由对妈妈竖起了大拇指！

可是，后来的一件事让我发现了妈妈的“弱点”。那天，我们刚坐到餐桌前，电话铃响了。妈妈跑过去，刚开始声音还很大，一会儿越来越小，接着声音哽咽。后来我才知道电话是大姨打给妈妈的，大姨是告诉妈妈姥爷的病情。妈妈知道姥爷的病情后，很长一段时间，眼睛总是红红的，家里也没有了妈妈的歌声。听爸爸说，妈妈晚上经常在床上辗转反侧，彻夜不眠。我听了爸爸的话，心里像打翻了个五味瓶，开朗、坚强的妈妈，你一定要挺过来！

……

给妈妈看手相，让我更进一步体会到：妈妈的爱，是一种不加雕饰、朴实无华的爱，是一种默默奉献不求回报的爱。她就像一棵大树，而我是倚在她身边的一棵小草。风不怕，因为有妈妈挡着；雨不怕，因为有妈妈遮着。

我更爱我的妈妈了！

（指导教师：翟凤玲）

我给妈妈过生日

应晗希

今天是妈妈的生日，但她却把自己的生日忘了，所以我要给妈妈一个前所未有的惊喜。

好不容易熬到下午，我拿着压岁钱正要去为妈妈买蛋糕时，妈妈把我叫住了，问："干吗去？"我挥了挥手中的零钱，答道："买面包。""哦，去吧，路上注意安全。"妈妈随意地说。我暗暗高兴，没有被妈妈看穿。

我蹦蹦跳跳到了楼下，直奔"伊之友"烘焙坊，二话不说，就点了一个"蓝莓之恋"。大约二十分钟后，我小心翼翼地提着蛋糕原路返回，一进门，我便喊道："祝妈妈生日快乐！"妈妈还没反应过来，我把蛋糕轻轻放下，一个箭步冲过去，抱着妈妈，"嘟"地亲了一下她的脸。妈妈这才醒过神来，说："太谢谢你了，我的宝贝女儿！你给我的惊喜太大了！有了女儿，就有了快乐呀！"

天黑了，爸爸回到家，看见餐桌上摆了一个蛋糕，问："今天是谁的生日啊？""妈妈呀！"我抢着回答。"好了，好了，快点吃蛋糕吧！"妈妈说。我不依不饶道："愿望还没许呢！"妈妈双手合十，许了个愿，吹灭蜡烛，我把蜡烛拔了，爸爸正要切蛋糕时，我再次发号施令："今天应该是我的大寿星妈妈切！"爸爸只好乖乖地把塑料刀递给妈妈，妈妈也不客气，"唰唰"几下，就把蛋糕给分好了。我马上抢了一块，又挑了一些奶油，趁妈妈不备，在她的脸上涂来涂去，妈妈变成了一只"小花猫"。妈妈开始对我"反攻"，接着又向爸爸"挑衅"，"生日大战"瞬间爆发。我们一家三口在哈哈大笑中，把蛋糕吃了个精光。

这天晚上，我睡得特香特甜。

（指导教师：钱敏燕）

常青的眷恋

谢芸秋

儿时，牵着妈妈的衣角走过春夏秋冬，在母亲的眼中，我永远都不会长大。

清晨，天空泛着淡淡的红晕，令人心醉。窗边的叶片早已枯黄，悄无声息地落下。凉风丝丝，凉得人透不过气来。我慢慢睁开蒙眬的睡眼，睫毛像蝶翼般扑闪着，左边的小手一伸，身边空无一人，于是便哭着，含糊不清地喊妈妈。

母亲立刻跑过来，用她柔软的双手轻轻抱起我，慢慢拍着我，柔柔安抚着我，我渐渐不哭了，又迷迷糊糊回到梦乡，泪珠在脸上伴着甜甜的笑容。

母亲踮着脚尖悄悄去洗衣了，劳累不休的身影，就像一部不眠不休的电影，一幕幕重放，涌入了我心底。春去秋来，母亲把爱给了我，把她的世界给了我，整天围着我转，从未停止，从未离开。我从未缺过什么，少过什么。

以为长大后会越来越快乐，以为长大后就不会掉眼泪，没想到长大后心越来越孤单……绘画课，钢琴课，还得照常上。母亲生拉硬扯要带我去，我不答应，母亲的脸上居然隐隐现了怒气，眼睛瞪得和铜铃一样大。我懵了，母亲从未这样，最后我只好妥协了。

母亲骑着自行车顶着雨，雨像豆子般大滴大滴落下。御寒和遮雨的用具变得那么脆弱，雨肆无忌惮地打在身上，我感到委屈、无奈，分不清是雨水还是泪水。我拼命地用手护着头，尽力蜷缩在母亲单薄的身体后。直到躲雨的地方才发现，母亲和我一样，全身都湿透了，僵紫僵紫的唇，瑟瑟抖动。在风雨中继续穿行，那种刺骨的冷顿时被一种油然而生的暖意代替……

回想往事，时间虽然会渐渐逝去，这种常青的眷恋，却令我永远不能忘怀。

（指导教师：葛荣弟）

绒毛小熊

童心雨

失望!

心头是掩饰不住的失望。

自昨天从超市回来后，心里沉沉的，像布满了一片阴云。

午后。突然，妈妈如幽灵一般出现在我身后，像变魔术似的，从手里拿出一个有着白色绒毛的小熊。我的眼睛随之一亮，仿佛春天的雨露倏地从天而降，心儿痒痒的，似乎有什么东西漾起来，脸庞绽开笑意。

这不是我昨天……

昨天晚上，我和妈妈去超市，无意间，我的目光落在了一只可爱的绒毛小熊上。我停下了脚步满心欢喜地看着它。

“走了！”妈妈拉住我的手。

“妈！我……我想要这只小熊！”我听见自己的声音脱口而出，仓促地看了一眼妈妈的脸，尴尬极了，真想收回刚刚的话。

“不行！”妈妈“爽快”地拒绝了，“你不是还有一堆么？”话音未落，她便硬拉着我走了出来。

我嘟起小嘴，一脸不悦地跟在了妈妈后面。

而现在，我简直不敢相信自己的眼睛。

妈妈真的给我买了吗?

我整个人迷迷糊糊的，喜得乐得有点飘飘然。

妈妈好像看透了我的心思，笑着走了出去，轻轻地留下一句，“就是送你的！”妈妈的声音承载在这五个字上，这五个字串联着妈妈的音调，它们飞在空气中，犹如一朵野百合绽放。

我抱着小熊，好像抱着自己的小弟弟。那红扑扑的脸蛋，那小小的嘴巴，那长长的睫毛，那黑葡萄似的小眼睛，一切都是那么真实。

望着妈妈在客厅忙碌的背影，我的心里不禁泛起一股暖流。

妈妈，谢谢你！

（指导教师：胡文杰）

唠叨进行曲

王晓雅

母爱是一份香包，把最好的祝福带给子女；母爱是一团炉火，把最美的温暖填满心田；母亲的爱是世界上最伟大、最无私的，哪怕琐碎也是真挚的爱。

唠叨是母爱的一种体现。天冷时，母亲为让我加衣服而唠叨个不停，虽然我很不情愿穿上，但也不愿看到她生气的表情。因为母亲的心是一个温暖的避风港，是我无助、孤独、受伤时最想依靠的彼岸。

记得在那个寒气袭人、白雪皑皑的冬天，下课了，我和同学们一起来到操场上，四周白茫茫的一片。还没等我反应过来，只听“砰”的一声，我眼前一黑，一个大雪球稳稳地砸在了我的头上。我条件反射似的又投了回去，来来回回玩儿得高兴极了。我们不顾手冷在雪地上滚雪球、打雪仗。我们滚啊、扔啊、跳啊……还堆起一个大大的雪人。“丁零零……”上课铃响了，我搓了搓已经冻红的小手，赶紧跑回教室。

放学后，妈妈来接我时，看到我身上又湿、又脏，湿漉漉的像只脏兮兮的小花猫，气冲冲把我带回了家。我心想：妈妈的唠叨又开始了。可到了家里。妈妈只是狠狠瞪了我一眼，接着把我又湿又脏的衣服换下来，给我盖上被子，让我暖和了一会儿，又给我熬了点姜汤，让我睡了一觉，出了点儿汗。这时，妈妈才开始了她的唠叨，她告诉我玩雪会冻坏手脚，雪很脏，玩完不及时洗手会有很多病菌……

母亲虽然唠叨，但是那样的真挚。正是这份琐碎的爱，伴我一路健康成长。

（指导教师：卞立贞）

第五部分

如果能爱，请去爱

“燕子去了，有再来的时候；杨柳枯了，有再青的时候；桃花谢了，有再开的时候。”那么，太太走了，还会有再来的时候吗？如果有，我一定会好好爱她！

——汪蕾《如果能爱，请去爱》

妹妹不见了

陈冰姿

今天，差点把我吓死了——妹妹不见了！

午觉醒来，我突然发现妹妹不见了。床上，被子叠得整整齐齐，那双小凉鞋还端正地摆在床前。可妹妹哪儿去了呢？院子里，不见妹妹；问左右邻居，也没有；找遍了常和妹妹玩耍的小朋友，还是没有！

我急忙向不远的外婆家跑去。外婆没见妹妹，又风风火火同我往回赶。刚进门，只见妹妹高兴地张开双臂向外婆扑来。我一见妹妹，满腔怒火不知从哪里来，一把拽过妹妹：“你到哪儿去了？”没想到一下把妹妹摔在地上。她像是受了委屈似的“哇”地哭了。妹妹一哭，我这个做姐姐的心倒软了。我疼爱地劝她：“好了，是姐姐不对，你到哪儿去了？”妹妹见我和气多了，也止住了哭，说：“我哪儿也没去，一直在爸爸房里看书。我醒来的时候，看见你睡得很熟，就没叫醒你。”

哎呀，是我错怪了妹妹，我不禁感到一阵内疚。但看到妹妹光着脚丫，我的疑问又脱口而出：“教你多少次要爱清洁，你怎么又没穿……”妹妹打断我的话：“这都是老师教的呀！”“啊？”我更是莫名其妙。妹妹明显露出几分得意，唱起了刚学会的儿歌：“小朋友，睡午觉，幼儿园里静悄悄。小花猫，有礼貌，藏起脚爪地上跑；脚不响，口不叫，进屋谁也不知道。”接着她神秘地告诉我：“我们睡午觉时，老师走路都是轻轻的，生怕吵醒了我们。”

我这才恍然大悟：妹妹为了让我休息好，才没叫醒我，才没穿鞋，悄悄走了出去。

多好的妹妹呀！我呆呆地看着她，好像今天才认识似的。

（指导教师：刘克锡）

爷爷的一天

潘玥龙

爸爸、妈妈工作太过繁忙，因此我一直跟爷爷、奶奶生活。前几天，姑姑要生小孩，奶奶又是医生，所以不得不离开我们到北京去照顾姑姑，家里就只剩下我和爷爷了。我倒没有什么，却苦了爷爷。他既当爹又当妈，又要履行他作为爷爷的职责，还要接下奶奶养狗、喂鸟、养鱼的“司令”职务。

星期六，我亲历了爷爷从早到晚做的事，一句话：“忙得不亦乐乎！”

一大早，爷爷先是起床打扫屋顶花园，照顾奶奶的宝贝们——狗、鸟、鱼。估计我快起床了，他就骑着自行车专门到外面买回我最爱吃的油条、卤鸡蛋等早餐。当我吃上美味可口的早餐时，才发现他出门穿的鞋都还没换。他顾不上休息，又忙着翻出我从学校带回的一大堆臭衣臭袜，用洗衣机洗完了，接着手忙脚乱地晾起了衣物。我走近一看，衣架上的衣服皱皱巴巴，歪歪扭扭的。我建议将衣物抖几遍再晾，他急切地对我说：“去，去，去！别管闲事。没晾好的衣服，我可以再晾，耽误了你做作业这损失就不能弥补了。”然而，爷爷最后拗不过我的坚持，于是爷孙俩一起抖散衣服，一上一下，我有序地给他递，他有序地晾上架。终于，所有的衣物晾完了，再朝洗衣桶里一看，几个花花绿绿的纸团让我不觉一惊，那不是我衣袋里的十几元钱吗？准是爷爷没有清理衣袋造成的。他闻讯走过来，一脸惭愧，大声嚷道：“真是忙里出错，我怎么这样糊涂！”为了缓解爷爷的自责，我冲着他笑了笑。

当我回到书房继续写作业时，爷爷随即投入了午餐的准备工作。不知不觉到了下午一点半，正当我饥肠辘辘时，爷爷一声令下“开饭了”，我立即放下作业，迅速奔赴餐桌。啊！几样菜全是我最喜欢吃的：鲜嫩可口的洋芋丝，回味无穷的鱼香肉丝，嫩黄色上面点缀着酱色肉末的蒸鸡蛋，一阵阵浓香扑鼻而来。我急不可待地拿了碗筷，为爷爷添上饭，不一会儿，一桌饭菜被爷孙俩一扫而光。

等我和爷爷洗完碗，清理了厨房，就快接近下午三点钟了。他解下围裙，来到书房，开始检查起我的作业。他对待我的作业一向很仔细，很严格。查完作业，他露出了满意的笑脸，说我完成得很好，同时也指出了我作业的不足：一是书写不规范，特别是数学，“5”写得像“8”；二是解方程时走了弯路，要寻求解题的捷径；三是语文的阅读题，答题过于简单，不能概括文章的含义。处处都说到了要点，我只有心服口服的份儿。

下午五点，爷爷催促我练一练葫芦丝，他又忙着准备晚餐了。吃完晚饭，他便为我准备晚上洗澡用的衣物和用具。一天下来，爷爷一刻也没停息。

“身兼多职”的爷爷这一天过得真够得上高效率、快节奏，虽然其间有种种不足，但想起他的一片爱心，我还有什么理由再挑剔呢?

（指导教师：葛荣弟）

奶奶的爱是春天的雨

岳　浩

春天的雨是什么样的呢？绵绵的、细细的、轻轻的、柔柔的……春雨来了，悄悄地钻进泥土里，于是，小草露头了，大树发芽了，万物都焕发了生机。这多么像奶奶给予我的爱呀！没有轰轰烈烈的跌宕剧情，只有点点滴滴的故事。

奶奶已年过花甲，可整天还要为我们洗衣、做饭，操持各种家务。

奶奶最疼我，一块糖，留给我；一把瓜子，留给我。就连亲戚送给她老人家的点心，也常常是便宜了我。可我呢？对这些一点儿都没有放在心上，全然没有领过奶奶一点儿情。

小时候，嘴里一吃上奶奶送来的方糕就连头也不知道抬。奶奶笑着说："哟！连奶奶都不让一让？"

我听了，心里竟天真地想：奶奶真馋。

还有一件事，现在想起来都有些好笑。

上三年级的时候，我得了一场病，需要服中药。奶奶不分早晚，把药煎好。我望着那黑乎乎的药汤，不禁皱起了眉头。

奶奶见了，连忙说："没事！别怕，你一合眼，憋口气，咕嘟咕嘟就喝下去了。来，快喝吧！"

"我不喝，多苦呀！"我撅着嘴。

"不苦，我都尝了，"奶奶慈祥地看着我。

"不！不！我不喝！我不喝！"奶奶百般求我，我就是不听。

奶奶真的生气了，晚上把这件事告诉了爸爸，爸爸狠狠批评了我一顿，一家人看着我把药硬喝了下去。事后，我认为奶奶是个爱管闲事的人，好几天都不和奶奶说句亲热话。

在一次作文竞赛中，我的作文获得了二十元钱奖励。

我托着下巴想，用它买点什么呢？买书？不，家里已有不少了。买点吃的？不，自己都这么大了，还这么馋嘴。那给家里人买点什么呢？对，给家人买点营养品。

下午放学了，我抱着一包东西，兴高采烈地跑回了家。我把这些营养品往奶奶手里一塞："给您！"奶奶一时莫名其妙。当我把想法告诉奶奶时，她老人家紧紧把我搂在怀里，颤巍巍地说："好，我的好孙子，你能有这份心就……给奶奶两句好话，奶奶就知足了……"

"人敬一句话，佛受一炉香。"是啊！人老了，能听到儿孙辈几句抚慰的话，能看到晚辈人的一点点心意，他们就知足了，这是多么简单的要求啊！

打这以后，奶奶更疼我了。每当放学晚了，她老人家就要喊遍大街小巷，找到我时，便扬起手，准备打我，但落下来的不是重重的巴掌，而是轻轻地为我拍灰土的手掌。

奶奶的爱，像春天的细雨，滋润着我这棵幼小的树苗。总有一天，我会长成参天大树，为家人遮风、避雨。

（指导教师：马雪梅）

怀念外公

徐逸璇

柔柔的春风吹走冬的寒冷，暖暖的阳光带来春的温暖，绵绵的春雨浇灌着心的思念。

多雨的四月因清明节更让人产生无限的遐想与思念。

望着窗外那如丝的细雨，我不禁想起已经逝去的外公。在遥远的天国，外公的身体是否安康？是否快乐？此时此刻是否也在思念着我们？想到这里，往日外公对我那浓浓的爱便涌上心头，我的眼中流出止不住的泪滴。

外公离开我们已经有六个春秋了。六年来，我们无时无刻不在思念着那位和蔼可亲、乐于助人的老人。

那是一个寒冷的冬日。我只记得外公紧紧攥着我的小手，轻轻地说："长大要好好学习……"然后就慢慢闭上了眼睛。那时的我不懂死亡意味着什么，在妈妈的啼哭声中，我才知道外公永远离开我了。

与外公相处的时间并不长，他却给了我一个充满欢笑的快乐童年。

小时候，我对什么都充满好奇，只要天气好，外公就带我上街给我讲解各种有趣的事和物。那时的我尤其对动物感兴趣，外公就不厌其烦地一次次带我到动物园、花鸟市场去看各种动物，给我讲解它们的习性特征等，还给我买了许多小动物，如小兔，八哥，小刺猬……教我给它们喂食，观察它们的成长。

和外公相处的最后一个夏天，每到傍晚，外公都会牵着我的小手去散步。一路上，外公会给我讲许多故事，从他那简单又朴素的故事里，幼小的我懂得了许多做人的道理。我不知道，那时的外公已经病得很厉害，身体很虚弱了，他是想抓住和我在一起的一分一秒。

外公是个热心肠的人。他只要看到乞讨的人就会帮助他们：离家近的，他会把他们领到家里，把家里的饭菜送给他们吃，有时还会把家里的衣服找给他们穿；离家远的，他只要看到都会掏钱给他们。外公常对我说："那都是些家庭很困难的人，我们能帮的就帮一把，让他们也能感受到陌生人的爱。"

外公虽然离我远去了，他和我们在一起的每个日子，他对我说的每一个道理，却永远铭刻在我的心里……

（指导教师：许德鸿）

姥姥家的丁香花

王文欢

丁香花的香气散满全家，全家人都沉浸在这淡淡的清香中。

姥姥家的院子里有两株丁香。一株是姥姥生下妈妈时种的，姥姥总说妈妈不在家时，看到它就好像看到妈妈。另一株是妈妈生我时种下的。妈妈经常带着我给这两株丁香施肥、培土，有时还帮它们搔搔痒。看着跟我同一天来到姥姥家的那株丁香一天天长大，我比自己长个儿还高兴。

坐在姥姥家的偏房里读书，窗口正对着两株丁香。它们时而迎风相依，时而又羞答答地喃喃私语。鲜艳的绿色指甲状小叶如同花瓣一样在空中绽放，盛开在春夏交替那独有的让人微醉的暖风里，并时不时送来缕缕清香。

我喜欢放学后一个人端着小凳到这两株丁香旁，跟它们说说我这一天在学校里的好玩的事，当然，也时不时地在受委屈时对着它们抹抹眼泪。伴随着欢乐与泪水，我与它们度过了一个个春夏秋冬，直到姥姥生病。

姥姥的病来得很突然，连着烧了许多天，爸爸妈妈都很着急。这天天气特别闷热，家里的空气也一样让人喘不过气来。晚上，大雨直泻而下，还伴着阵阵狂风。一家人都默默坐在姥姥的床边。突然一记闷雷打破了沉默，我猛然间想起了那株丁香花，立即飞奔到厨房，找了几根棍子和一些绳子，便一头扎进雨里。当我正帮着丁香花抵御狂风的侵袭时，突然，雨似乎小了，抬头看时却是妈妈正撑着一把雨伞站在我身后。

回到屋里，我和妈妈的身上都湿透了。只听屋里似乎传来了姥姥的声音，我们赶紧跑过去，原来姥姥在梦里正抓着爸爸的手喊着妈妈的乳名。再看看妈妈，早已泣不成声了。

就在那一刹那，我明白了这浓浓的亲情，明白了姥姥的用心良苦，也明白了妈妈平常让我好好照顾丁香的用意。是啊，母亲、女儿就是这样搀扶着从日出走到日落，从日落走到日出，温馨的丁香见证了她们浓浓的亲情。

姥姥的病好了，可身体虚弱了很多。妈妈常搀扶着姥姥在院里散步。丁香花又开了，我笑着朝它们跑了过去……

（指导教师：杨晓辉）

如果能爱，请去爱

汪 蕾

“燕子去了，有再来的时候；杨柳枯了，有再青的时候；桃花谢了，有再开的时候。”那么，太太走了，还会有再来的时候吗？如果有，我一定会好好爱她！

一棵樱桃树下，一个老人和一个孩子喝着茶，闲聊着；菜园里，老人辛勤地劳作着，孩子在一旁玩水；满天星空下，老人和孩子躺在凉床上赏星星。这是多么幸福的日子！

儿时的我经常跟在太太后面，依偎在她身边，学唱歌谣，那时候我觉得天空很蓝。每次她下田播种时，我都会光着脚丫踩在泥土里，感受着和大自然的亲密接触。最喜欢躺在凉床上，闻着阵阵花香，看亮亮的繁星在黑黑的天空忽明忽暗。

人的一生幸福的日子并不会太长久。五岁那年，两张陌生的面孔映入我的眼帘，他们和太太说了几句话，只见太太很无奈地回到了老屋，不甘心地关上了门。他们把我放入车子里，眼睛里闪着一种很奇异的光。

我来到了一个陌生的城市，这里没有菜园，没有高大的樱桃树，更没有太太。可是时间能改变一切，也正是时间抹去了我的不适，使我和这个陌生的城市慢慢熟悉起来。我的脑海里，只有一堆堆书本垒起的知识。我每天都循环着一样的日子，学习、休息，淡忘了属于我的那一片天。

终于有一天，太太倒下了。我不曾想过，太太会离开我！在我印象里，她是那样硬朗，那样风风火火，她还没有来得及再见我一面，就离开了这尘世。我的心像被鞭子抽打了一样，悔，涌上我的心头！

当我收拾太太遗物的时候，发现简陋的老屋里，依旧留着我的玩具，整齐地摆在那张小床上。太太走了，但是她的气息还在；她的模样已经模糊了，但我和她的快乐回忆还在。

风轻轻划过脸颊，仿佛太太的手在抚摸着我。如果上天能给我一个机会，我一定会好好地爱太太，我会弥补我对太太的亏欠！如果能爱，我会去爱！

（指导教师：吴娟美）

无价的生日礼物

武文佳

那天是我的生日。好不容易盼来中午，客人们都差不多到齐了。只听“嘀嘀”几声，表妹走进来了，我一眼就看到她手中精美的小盒子，正想拿过来看看，不料被眼疾手快的表妹捂住了：“这是我送你的礼物，我亲手做的哟，一会儿就给你，不用急。”我自言自语：“今天我才通知她的，她怎么有时间做礼物啊？”姑父说：“她早准备好礼物了，就等着今天呢！”嘿，这小鬼头，还挺有心的！

在饭桌上，表妹拿出了盒子说：“姐姐，祝你生日快乐！”我满心欢喜地打开包装盒，可是，里面的东西令我大失所望。看着一盒子的废纸，我奇怪地问：“这就是你送的礼物？是不是装错了？”表妹笑了：“哈！这就是我送你的礼物，我亲手叠的纸玩具呀！你喜欢吗？”我差点没晕过去，苦笑了一下，说：“就这个呀？叠的太不好看了！再说，这也能当礼物送？还是你留着玩吧。”然后，我就把那个小盒子漫不经心地抛到了柜子上，完全没在意表妹失落的表情。

下午，当我把客人都送走后，才发现表妹早已不在了。那个被我随手扔在一边的礼物盒还在，我正准备拿起来扔掉，脑子突然一闪念：反正现在也没事儿，就欣赏欣赏这些废纸吧！

这一看，我的心渐渐激动起来。表妹叠的每个纸玩具都有很多折痕，以致看起来十分粗糙，事实上却极其用心。每个纸玩具上都歪歪斜斜写着一句话：身体健康、学习进步。顿时，我的眼睛湿润了，鼻子也酸酸的，幸亏强忍住了，不然我就得撒“金豆豆”喽。

事情已经过了许多年，但对此我仍然记忆犹新。“这就是我送你的礼物，我亲手叠的纸玩具呀！”“就这个呀？叠的太不好看了！”……这几句话时刻回荡在我的耳边。不错，我用硬邦邦的回答砸碎了表妹送我的这份爱。虽然它表面粗糙，却遮掩不了内在的精美；虽然它朴实无华，却融入了一腔真挚的情感。

我无法用平实的“谢谢”来回报这份无价的爱，只能把它珍藏在内心的最深处，牢牢铭记、铭记！

（指导教师：张凯）

师生情三部曲

王　宁

序　曲

六年的光阴匆匆逝去了，没有逝去的是我们与老师浓浓的师生情。六个春夏秋冬，每时每刻老师对我们的爱都是不同的，相同的是他们都有一颗火热的心。

第一部　温柔的爱

记得那天，天空已拉下黑沉沉的幕布。晚饭后，同学们陆陆续续走出了食堂。不一会儿，广播里传来沙哑的声音，让全体师生去大操场看电影。这下同学们都兴奋了，七嘴八舌地议论着，排队到了大操场。电影是《闪闪的红星》，精彩的剧情吸引了大家的眼球。演到一半时，我感到肚子一阵疼痛。本以为过会儿就能好，可它非但没好，反而越来越重了。我忍痛去了医务室，校医也不在。这时，王老师发现了我，给我家长打过电话，便留下来在大厅陪我。她学过中医，揉着我腿上的一个穴位，疼痛便奇迹般减轻了许多。老师还老是和我逗乐子，不知不觉，我完全忘记了疼痛，只记得老师那温柔的笑容。

第二部　无声的爱

上课时，我总喜欢和别人说几句悄悄话。我一向很小心，王老师也没说过我。时间长了，我便认为老师根本不曾发现过。直到有一次，我正准备开口时，突然瞅见她的眼神正注视着我。此时无声胜有声，我当即感到脸上火辣辣的，赶紧把头扭回去。老师一如既往，并没有批评我，这时我才明白老师的苦心，从此彻底收了性子，老师的笑容便更加灿烂了。

第三部　严厉的爱

慈祥的王老师也有严厉的一面。有一天上课间操，我和同学一直在打闹，站在楼上王的老师看得一清二楚。她丝毫没有客气，把我叫去狠狠批评了一顿。别人去上音乐课，我则被留在老师办公室上了一节反思课。当时我还不服气，现在想来，王老师这样做，是为了让我懂得做一个班干部要以身作则的道理。

尾　声

“春蚕到死丝方尽，蜡炬成灰泪始干。”这句诗，可以看作老师无私奉献精神的最好写照，也是我们一生成长的不竭动力！

谢谢您，我敬爱的老师！

（指导教师：张凯）

多想对您说

王育梓

办公室里，总能看到您疲惫的身影。您是我们敬爱的老师。多想对您说："I Love You！"

老师，您是一支红烛，燃烧了自己，照亮了别人；您是一艘帆船，带我们驶向人生的彼岸；您是一把金钥匙，领我们进入知识的宝库……多想对您说："I Love You！"

老师，您不分昼夜为我们操劳，教室里经常回荡着您教导我们的话语。在我们遇到难题时，您会教导我们，为我们细细解说；在我们碰到"绊脚石"时，您会鼓励我们，要我们鼓起信心和勇气继续前行；在我们闹了小别扭时，您会劝导我们，让我们懂得团结就是力量……老师，您为我们付出了太多心血，多想对您说："I Love You！"

记得有一次放学时，下起了大雨，冷得出奇。我们班有一个同学没带伞，您慷慨地把自己的伞借给了他。我想，回家的途中，您一定淋湿了吧？老师，您这么关心我们，多想对您说："I Love You！"

"阳光普照，园丁心坎春意浓；甘雨滋润，桃李枝头蓓蕾红。"如果没有您思想的滋润，怎会绽开那么多美好的灵魂之花啊？老师，有了您，花园才这般艳丽，大地才充满春意！老师，快推开窗子看吧，这满园春色，这满园桃李，都在向您敬礼！

老师，您用人类最崇高的感情——爱，播种春天，播种力量，播种希望……

（指导教师：吴娟美）

当“导演”的幸福

西 西

每次，我看见荧屏上演员声情并茂的表演，两眼就充满了艳羡。要是我也能演电视剧，该多好！可这个小小的心愿有如天上的云彩，可望而不可即。

周末，当我又趴在桌前，勤奋地创作科幻小说《水晶城堡》时，灵光乍现了。小说剧本是现成的，何不自己拍一部电视剧呢？说干就干！我先把小说反复修改，改得有点剧本的模样了。道具呢，就用百宝箱里的玩具和首饰；场地就是俺家客厅；没摄像机就用爸爸的相机吧，里面有摄像的功能，也可以凑合了。万事俱备，就差演员了。演员真不好找，同学来一次很不方便，那就请邻居吧！有些小伙伴听罢，认为是过家家，没什么意思。后来，经过我巧舌如簧地鼓动，终于有三个小伙伴同意了。演员凑齐了，哎，真不容易，开拍吧！

一开拍，才发现这个活并不轻松。演员佩佩一直笑场。我们的戏总在她咯咯的笑声中，被我无可奈何地“卡”掉！如何才能让她不笑，可真令人伤脑筋。我们想了四个方案：第一个方案，让她想笑时尝试掐住脖子。但当她掐着脖子不笑时，我们都被她那滑稽的样子逗笑了。第二个方案，让她想笑时紧紧咬住嘴唇。结果她还是憋不住笑了；第三个方案，让她背对摄像头。可是她总有露脸的镜头啊，这个方案也行不通。最后，我想出了第四个方案——想笑时，努力想一些难堪的事，比如作业还没写完干着急，成绩没考好挨妈妈责骂了，和同桌吵架很气愤，等等。这个方案好管用，佩佩果然不笑了。不料，另一个演员棋棋又忘词了！我只好把台词摆在她的前面，随时提醒。哎，我这个导演可真辛苦！

经过几个星期的奋斗，终于拍完第一集了。这时，新的问题又来了，我老爸的这架老“相机”，比较有“历史”了，内存已经不够了！怎么办？正当我愁眉不展时，爸爸妈妈在我过生日时，竟送了我一台小型摄像机！这简直是雪中送炭啊，我发自内心地亲了又亲他们。

最后就剩下制作的问题了。这是一部科幻剧，需要一些视频编辑软件。我上网查了又查，搜了又搜，终于找到了一个名为“绘声绘影”的软件。我用这个软件，把我们拍的视频“剪了又剪”，编了又编。学计算机的爸爸瞄了一眼，叹道：“天啊，你真能干，我都不会呢！”

目前我已经拍完了第一集，还计划拍第二集、第三集……后面一定还会有许多困难，但我坚信，世上无难事，只怕有心人。什么事情只要去努力，去尝试，成功就离你不远了。

周末时，我叫来小伙伴一起观赏第一集，他们都在那里欢呼雀跃，我却静静地坐着，忆起其间的酸甜苦辣，内心升起了一种难以言传的幸福。

哎，我这个导演当得也还真“幸福”！

把心藏在桃林深处

王晓萍

三月，桃花开了，一朵朵，一簇簇，多么美丽，多么可爱。在这个桃花盛开的三月，我交到了一位真正的知心好友。

“大家……好，我叫……我叫李桃湘，请大家多……多多指教。”一身土里土气的花布装，小麦色的脸蛋，两条翘起来的羊角辫儿构成了朴素的她——桃湘。记得她初次自我介绍的时候，很害羞，脸红得跟长熟的桃子差不多。

她刚来班级，同学们都很排斥她，男生拿她的名字开玩笑，女生则一个个躲着她，没人在乎她的感受，只当她是一个透明的人。

下课的时候，她孤独地徘徊在别人快乐的欢笑声里。望着那背影，我好想去关心她，可伙伴们威胁的话语让我不得不远离她。

那天放学，我回教室找落在课桌里的作业本。原以为班里没人，不料桃湘居然还在！

“桃湘，你？”

“哦，是晓萍啊！你有事么？”埋着头擦桌子的桃湘抬起头，问道。

“怎么就你一个人值日，他们呢？”

“他们有事，先回去了。我正好闲着，顺便把他们的工作给做了。”桃湘笑笑，很轻松，一点抱怨也没有。

“他们平时那么对你，你不恨他们吗？为什么还对他们那么好？”我忘记了朋友的威胁，替她打抱不平。

“没什么，妈妈曾经告诉我，天使是很善良的，有纯洁的心灵，美好的品质。我想当天使，当一个好天使。每个人的想法都不相同，既然同学们暂时不喜欢我，我怎么能去强迫他们呢？你说是吧？”桃湘擦去额角的汗珠，轻轻扬起一笑。

我没有回答，从她的话里我体会到了她心灵深处的宽容，我向她伸出我的手，轻声问："我们做好朋友，可以吗？"

后来，我转学了，但我依然记得桃湘，记得她喜欢把心藏在桃林里，记得她所说的每句话。这位好朋友也被我藏在了我的"心灵屋"里——一位想当天使的朋友，一颗纯洁的心灵。

（指导教师：郑慧玲）

迟到的“对不起”

王思邈

人们常说“世上没有后悔药”，这句话真的一点也不假。

在我五岁的时候，结识了一名外省来的小女孩，名叫陶依。她跟我同岁，也许出于这个原因，我俩一见如故。从那时起，我便和她成了形影不离的好朋友，一起上幼儿园，放学了一起回来，一起玩“扮家家”的游戏。有时候，她给我讲她的故乡——海南，那美丽、富饶的海口，令人心旷神怡的热带岛屿；我就跟她说广西的首府——绿城南宁，那鸟语花香、绿树成荫的公园，高楼林立、富丽堂皇的民族大道。我俩简直情同手足。但后来，因为我误会了陶依，使我俩的友谊画上了“三八线”。

那件事是这样的：一个烈日炎炎的下午，我和陶依约好在小花园见。当时我洋洋得意拿出了爸爸出差去海南买的用椰子皮做的小挂坠，陶依看了爱不释手，因为这是用她们家乡的特产做的，而且上面有个小铃铛，声音清脆动人。我看着陶依那样子，便说：“陶依，你喜欢就送给你吧！”可陶依羞涩地说：“不用了，我的家乡就在海南，半个月后，我就要回去了，到那时，我买个比你那个更漂亮的！”接下来，我俩又玩起了“扮家家”。回家后，我把那件装着小挂坠的衣服一扔，便去玩电脑了。

第二天，我想把小挂坠挂在房间，可东找西翻不见小挂坠的身影。于是，我便开始细想谁见过我的小挂坠，除了爸爸、妈妈和外婆，就只剩下陶依了，而且她对那个小挂坠迷恋不已。转念再想，陶依是我最好的朋友，绝对不会这样做的，可是，外婆不是经常说“人不可貌相”吗？正琢磨间，“叮咚——”，门铃的响声打断了我的思绪，原来是陶依来找我出去玩。在路上，我闷闷不乐的样子，被细心的陶依发现了，便问：“怎么不高兴了？走，去一个让你开心的地方！”我告诉她小挂坠不见了，并忍无可忍地大声喊：“拿了别人的东西，还那么高兴，真不是人！”唉，我终于把心里话说出来了，感觉真舒畅。可是陶依呢？只见她低着头，眼泪哗啦啦流了出来："我没有拿，我真的没有拿！就算我拿了，难道，我们之间的友谊比不过一个小挂坠吗？"说完，她撒腿就跑。我为之一愣，等反应过来，便有点后悔，特别是想起陶依那番话，再看看她伤心而去的背影，就觉得浑身不自在。我拖着沉重的身子回到家，一问，才知道小挂坠被妈妈收在八宝盒里，就想向陶依道歉，却怎么也说不出口。

一天下午，妈妈给了我一封信，原来是陶依写的，说她明天要回海口，再一看日期，原来是昨天写的，也就是说她今天坐火车走。我急忙叫妈妈带我去了火车站，一看，火车早已走了，我不由得流下了后悔的眼泪。这时，不知情的妈妈走过来对我说："天下没有不散的筵席，璐璐，咱们走吧。"

陶依，你如今在哪里？一切都好吗？真想对你说一声"对不起"，可是，你能接受我这迟到的歉意吗？

（指导教师：谢黎）

一路有你

杨 雯

一

“你还只是我的同学，并不是我的朋友。”我一边吃着贺瑛买来的零食一边说，“你要对我好一点，这样才有可能，我是说有可能升级为我的好朋友。”我骄傲地、自恃聪明地对贺瑛侃侃而谈。

贺瑛默默地听着，点点头。

二

“杨雯——上学要迟到啦，快点啊！”贺瑛一身雪白的运动装，推着单车站在楼下。

“来啦！”我慌忙塞了个包子在嘴里，拿起书包飞快地跑下楼，跳上贺瑛身旁的单车。

“出发！”贺瑛跨上单车，像即将出征的将军。

“走喽！”我跟着喊。

骑到半路，贺瑛深深吸了一口气，像是要做什么重大决定似的，一只手从前面递过来一个小小的银哨子。

“杨雯，这个送你。”

“这是什么？能吃吗？”我把玩着这个银哨子，咬了一口。“不能吃的！”我皱起眉头，连忙把哨子从嘴里拿出来。

"这是哨子，哨子！哨子能吃吗！这可是老爸送我的礼物，现在我把它送给你。只要你需要我，就吹这个哨子，我一定在第一时间赶过来！"贺瑛说。

"真的哦？"我惊奇地说，"那我现在就试试！"

"嘟嘟——"我吹响了哨子。

"你看，我不是在这儿吗？"贺瑛得意地说，像是抢到了糖果的小孩，脸上浮现出我熟悉的笑容。

"去！"我在后面推了贺瑛一把。

"哎——不好了，单车要倒了！哎、哎、哎——"贺瑛摇着单车把手大叫起来。

"啊——贺瑛！稳一点，稳一点啦！"我放开喉咙大声尖叫，死死抱住贺瑛的腰。

"嘻嘻！骗你的啦！"贺瑛调皮地说。

"好你个贺瑛，居然敢骗我！"

"大侠饶命啊！小女子不敢啦！"

"知道我的厉害了吧！"

路上，荡漾着我和贺瑛的笑声。

三

到了学校，我把书包放在座位上，丢下贺瑛，径直去找好朋友谭凤。只见谭凤、何蓉蓉和李琼三个人正围在一起，小声议论着什么。我蹑手蹑脚地走近她们，想吓她们一跳，却无意间听到了她们的对话。

"……我觉得杨雯好爱炫耀。"

"就是，不就是作文写得好一点嘛！"

"老师也真是，干吗那么重视她呀！她那作文，绝对是抄的。"

听着她们的对话，眼泪不知道什么时候弥漫了我的双眼，心好酸。我转身冲出教室，蹲在一个无人的小角落里，抱着膝盖痛哭起来。"那些就是我的好朋友吗？”跟谭凤往日的亲密无间在我脑海一一闪现，接着，刚才她们的对话，在一瞬间又把我击得粉碎。突然，贺瑛送我的银哨子从口袋里掉了出来。我把它捡起来，放在嘴里轻轻地吹。贺瑛，你在哪儿？

“杨雯！”远远的，贺瑛一边叫我一边跑过来。

“贺瑛！”我扑进贺瑛的怀抱，眼泪再一次像决了堤的洪水，“贺瑛，我错了，我真的错了……”

“好了好了，”贺瑛轻轻拍着我的背，“不要哭了。”

贺瑛温柔的声音让我好有安全感。

四

一天上课，贺瑛给我传来一张纸条，上面写着：“杨雯，不管我走多远，都一定会陪着你的。”回头看贺瑛，她那迷离的眼睛里，盛满忧伤。后来我才知道，贺瑛得了癌症，是晚期。

贺瑛在一个飘雪的夜晚走了，她走得很安详，像睡着一样，脸上还挂着孩子般纯净的笑容。望着她那安琪儿一样的脸，我没有哭，只是静静地望着她。贺瑛的妈妈交给我一张纸，上面赫然写着四个大字：一路有我。

贺瑛，我知道，荼靡花开，并不意味着美丽的花期就此结束，而是象征着新一季的开始，就像分离并不意味着终结，而是另一段路途的开始。那时候，你我一定会在崭新的生活里奋斗，我将怀着一颗向往美好的心不断前进。因为有了你，我才知道我可以变得更加勇敢。虽然未来的路途遥远，但我并不畏惧，因为我知道，一路上，始终有你！

（指导教师：谢黎）

友爱的真谛

沈 滢

早上第一节课，伴着优美的音乐，数学老师迈进教室，轻松又温和地对大家宣布："今天考试。"

我的心不由得怦怦直跳，过了几分钟才平静下来。下意识看看同桌方英，她可是老师、家长们心目中的"数学天才"、"数学专家"。当然，也是我的死党。我们从小一块儿长大，有好玩的、好吃的，方英总是让着我。我比她大两个月，我叫她到东，她绝不会到西。可一考数学，我就只好甘拜下风，人家还在青少年宫学奥数呢！

我一开始还能从容应对，暗暗高兴。当碰到"年龄问题"时，心一下子提到了嗓子眼。我心急如焚，开始坐立不安。偷偷地扫视两旁同学，只见他们都在专心致志做题，继而瞟了一下讲台旁的老师，发现她正在沉思什么。我壮起胆子用手轻轻碰了碰方英，她侧过脸看了我一眼。我冲她使了个眼色，看了看试卷，又噘了噘嘴。方英似乎没看明白似的又埋头做起了试题。我心想：真笨！于是又撞了她一下，挤眉弄眼。可她倒好，缓缓地摇了摇头。我有点着急，露出哀求的眼神："方英，我从来都没有求过你，就这一次，一道题，就一道，把试卷挪过来点。"方英无奈地看了我一眼，仿佛说："你自己再想想吧。"我气得恶狠狠地瞪了她一眼便扭转头，心想：什么朋友，紧要关头都不肯帮忙，怕我考得比你好吧？算你狠，了不起啊！绝交！直到同学们陆陆续续开始交卷，我还是抓耳挠腮，心里犹如打翻了五味瓶。

"滢滢姐姐，你误会了，我怎么会怕你比我考得好呢？你考得好，我也会很开心的。"考试结束后方英凑到我身边，一个劲解释。我一副不理不睬的样子。"滢滢姐姐，如果我把答案给你，那不是在帮你，你以后碰到这题目，依旧不会做，那是在害你啊！"方英说着，拿出草稿纸，耐心地给我讲解起来。听到中途，我的思路豁然开朗，喜悦在一圈一圈荡漾，真是山重水复疑无路，柳暗花明又一村！想起先前的一幕，自己都觉得不好意思，对朋友不能无理又霸道，她是对的。方英甜甜地笑着，伸出小手指说："我们是好朋友，拉钩上吊，一百年不许变！"

这一瞬间，我才明白，朋友间最真挚的爱，是用多少分数都换不来的！我深深陷入自责之中，同时又为自己能拥有这样的好伙伴而倍感庆幸。

（指导教师：陈虹）

友情似金

米思淼

那是一个阳光明媚的日子。

数学卷子发下来了，我考得不理想，她却考得不错，我嫉妒了。

次日，我和她吵了架。

“你不想一下，你老是那么拽，我很烦，你太讨厌了！”我向她大吼。

她一下子怔住了……

“你要是再这样，我会为你深情演唱：你不会有好结果。”

她哭了，相识以来，我第一次看见她哭。

从此，我总是对她的失败冷嘲热讽、雪上加霜，对她的成功保持怀疑和否定。她却对我依然那么好。我失败时，她总是来安慰，我却骂她幸灾乐祸；我成功时，她总是来祝福我，我却说她嫉妒；我高兴时，她也替我高兴，我却认为她扫了我的兴……

一天，老师打乱了日记本的排列顺序，随机发给同学，让同学们之间互相检查。也许是天意吧，我拿到了她的。她写的日记，深深刺痛了我的心——

“我和米思淼吵架了，她说我不会有好结果。我原以为我把她当朋友，她也会把我当朋友，可是，我错了，她对我充满了敌意，她没把我当朋友，她的话让我很伤心。”

我后悔了，自己为什么要骂她，她真的比我强。

当我要给她道歉时，她却主动给我写信，说对不起我，想跟我继续做朋友。她有什么对不起我？我惊叹她的宽容，同时，又陷入了深深的自责。

我要对她说声对不起，我伤了她的心。

“徐新宇，对不起，我愿意和你做朋友，只要你不嫌弃我。”

“一辈子做朋友！”

朋友一生一起走，那些日子不再有，一句话，一辈子，一生情，一杯酒……

（指导教师：韦亚东）

“臭味相投”的铁哥们

王瑞兆

也许，您一看到这个题目，未免会感到奇怪，铁哥们怎么会“臭味相投”呢？不要着急，待我慢慢道来。

“臭味相投”在字典中的意思是，彼此在坏的思想下和低级兴趣等方面相同，很合得来。咦，怎么好端端的学生会“臭味相投”呢？本班同学诉文里的罪状足以证明我、王秀鑫、贾子菡三人“臭味相投”的事实了。

罪状一：管理实在是太严了。老师委派我监督班里畅聊游戏、网络小说、电视剧等不良现象，我总是在别人聊得正起劲的时候，走到他们身后，然后阴森森地说：“怎么样，聊完了吗？”然后开出本班的“罚单”；王秀鑫身为学习班长，每次张老师布置的任务，他都一个一个核对，无论多么晚，也要等其他同学改完字、写完作文后再走；贾子菡尽管只有小组长这个职务，可是他也每天都尽职尽责地收作业，不交作业或没有完成作业的同学，他都认认真真地记好名字，从未有过差错。

罪状二：课间我们形影不离，关系比三角形还坚固。每到下课，我们有时一起在图书角讨论自己的所见所闻，有时一块儿在教室里“巡逻”，甚至有时上厕所还结伴儿去呢！

罪状三：我们的阅读量在全班是数得着的！我们都是读书迷，但各有各的爱好。贾子菡喜欢天文，王秀鑫喜欢历史，我呢，却喜欢科学。只要有空，我们总是在一起交谈自己的读书心得和体会。我们爱好读书的习惯还感染了许多同学，为此我们一起成立了“为什么”读书小队，并得到了全班读书效率最高小队的称号。

罪状四：表演太搞笑。每年元旦联欢会，我们都要表演一个小品或一段相声，想让同学们笑逐颜开，一年不会再有烦恼，但大家总是笑得肚子疼，十分难受，但又不得不强忍着往下听，生怕因为漏了一句话或一个表情而感到遗憾。

罪状五：数学思维太快。别人还没想到方法，我们已经做完了整道题目，并达到了频率一致的默契程度……

怎么样，这“臭味相投”的双引号用得可以吧？

（指导教师：张慧）

同桌也疯狂

曹育英

同桌的自我介绍

俺乃天下第一高人！俺有两高：一高，成绩高（话外音：准确地说，应该是倒数第一吧）；二高，个子高（话外音：超级标准矮人，这骗人也太没水平了吧）。俺呢！就是大名鼎鼎的田大爷——田智宇（话外音：果然是名不虚传，太会吹牛了）！

同桌擂台大PK

“曹贼！哪里逃！看我不把你给杀了！”田扁豆（此人又矮又瘦，故得此外号）又在那儿耍宝了。

“可恶，大胆田扁豆！”我又急又气，头上全是火苗，干脆一不做二不休，大声吼道，“你给我滚过来，看看谁能把谁碎尸万段！”在场的人见我火冒三丈，话说的一字一顿，一下子吓得鸦雀无声。

本以为这样的气势能把田扁豆吓得屁滚尿流，可他依旧嬉皮笑脸地说：“我不，我不，我就——不！有本事你来抓我啊！”

我恼羞成怒了，猛追着田扁豆在教室里面疯跑，不一会儿工夫，这场“猫追老鼠”的好戏吸引了许多人，大家都在呐喊：“快点快点，炒鱼儿快点儿追上他！”田扁豆更起劲了，大声喊道：“绿婶们（女生们），辣婶们（男生们），都别背叛俺呀！俺是无辜的！”

他那搞怪的声音，又引起了一阵哄笑。最可悲的是，当我正要抓住田扁豆的时候，上课铃打响了，Oh my god!

同桌也无奈

“小呀么小二郎呀，背着那书包上学堂……”田扁豆又闲得没事儿，哼起了小曲儿。哎呀天哪！上帝救救我！他唱得真是难听死了！

“你给我把你的臭嘴闭上，”我无奈，忍受不了这样的折磨，“再唱，再唱小心我把你的嘴巴撕下来！”

田扁豆不服气，学着小沈阳嚷嚷道：“我凭啥不能唱歌呢，你管得着吗你！”说着说着，竟站了起来，唱歌的声音也越来越响。

我蹦起来，一下子发了飙，抓起田扁豆的刘海儿（因为他剪的是西瓜太郎的发型）就往上提，（谁让我比他高出半个脑袋呢！这就是本小姐的优势！哈哈！）狠狠说道：“来呀，唱啊！继续呀！”

他踮起脚，想减少些痛苦，可是没用啊！我也顺势踮起脚尖，厉声喝道：“给你两个选择吧！要么痛苦受罪，要么痛快认罪，你自己选吧！”

田扁豆见软硬不行，只好乖乖承认错误：“好好好，得了得了！我错了我错了，我知错我悔过，快点儿放开我呀，痛死我了！”

我松开手，拍了拍手上的灰，（一想到他的脏头心里就不舒服！）他整理着头发，皱着眉，撅起嘴巴，嚷嚷着：“什么人哪这是，我又没招惹她！切！”

“田小弟，你又在说些什么呢？”我笑笑，又向他伸出了魔爪。

“没没……没什么……真……真的！”

“是么？”

“哟！别别……我错了，我错了还不行吗？”田扁豆一脸无辜。

“切切”同桌

“哇塞！又是美术课！切、切……”田扁豆一天到晚总是没事儿干，这不，他又在那儿大惊小怪地叫嚷。

“耶耶耶耶耶！yes！”后排的死盐菜（颜宏新）也嘻嘻哈哈地笑着，笑得还挺阴险。

“喂！田智宇，给你说个事儿！”臭盐菜一脸坏相看着我和高高（高若盈）。田扁豆嘿嘿笑着，说：“嘘！切、切……小声点儿！别让她们听见！”我瞪了他们一眼，毫不退让地转过身，对高高说：“嘿！你可别理他们！他们有问题！”

居然——不对，应该是果然，田扁豆一听完死盐菜对他说的话，就指着高高哈哈大笑，臭盐菜也笑弯了腰，甚至笑出了眼泪。我瞪着田扁豆，恨得咬牙切齿，眼里放射出一股强烈的电流。

田扁豆看见了，便连忙向我解释道：“切、切……哎呀！没说你，没说你，真的没说你！”

“谁信你！”我恨不得用眼神把他杀死。

“切切切！不信算了，我不稀罕你信我！”田扁豆指着“笑神经失常”的臭盐菜说道，“不信你可以问他！”

虽然我根本不知道他们在笑些什么，不过，看他们笑得那么厉害，我也莫名其妙跟着笑了。

田扁豆就是这样的一个男生，时而幽默风趣，时而调皮搞笑，虽然有些可憎，也很自以为是，可他却带给我们无穷的快乐。

（指导教师：葛荣弟）

奖牌·情义

陈梦莎

每次我看着墙上挂着的那个奖牌，就有一种难以言表的感觉，有自豪，有愧疚，更多的是感激。

“丁零零……”上课了，一位女老师走进教室，宣布说：“我们这节课来画参加比赛的作品。”“好！”同学们异口同声地响应着。上一节美术课我有事请假了，不知道这节课的任务，同学们都带了涂色工具，只有我例外。如何是好？

正当我愁眉苦脸加坐立不安间，前面的男同学转过头来，他可是一名水平不敢恭维的“差等生”，肯定是“黄鼠狼给鸡拜年——没安好心。”可意外的是，他居然把他的涂色工具递给我。“那你用什么？”“我还有一套，反正我画不画都无所谓，不可能获奖。”他一本正经地说。

我半信半疑画了一会儿，听得老师突然吼了一声：“没带涂色工具的给我站起来！”话音刚落，只见他坦然站了起来。老师扫视了一圈，只有他“没带”。老师板起脸，厉声批评道：“不带涂色工具，那你来干什么？先到门口去，一会儿留下来补画。”我实在不忍看下去，举起了手，他却给我使了个眼色，然后一步一步走向门口。

这次比赛，我有幸获了银奖。可我心里明白，这奖至少有一半属于他——不，在人生的竞赛中，他无疑赢得了一项金奖！

在日常生活和学习中，我们（包括许多老师、同学和家长）总是对那些所谓的“差等生”漠然视之甚至不屑一顾。其实，他们的人格和情操并不次于“优等生”，在他们的身上，有着无数闪光的因子。这位男同学的行为，告诉我们一个朴素的真理：奖牌有价，情义无价！

（指导教师：钱敏燕）

绿色的心灵鸡汤

吴煜晗

东营是个绿色的世界，不管是城市宽阔的马路边，还是乡村蜿蜒的小径旁，触目皆是绿的色彩。而最让我感到惬意与温暖的却是绿色的人情。那件发生在大雨天的小事更是让我理解了“一诺千金”、“一言既出，驷马难追”等千古名句的深刻内涵。

那天天气十分炎热，火辣辣的太阳似乎要把大地烤干。我百般无聊地待在家中，心里祈祷着快下一场大雨，冲走那令人厌恶的燥热。空调气喘吁吁地吐出最后一口凉气后，彻底“崩溃”了。我捂在一片热气中再也无心写作业，就在这时，忽然听到窗外哗啦啦的声响。我跑到窗前，欣喜地发现外面下起了好大的雨，暗自庆幸自己的祈祷应验了。转念一想，又有些遗憾，今天下了这么大的雨，自己在书店订的书肯定送不来了。不过比起天气炎热、空调坏掉这种倒霉事来说，喜欢的书晚一天送来又有什么要紧的呢？我望着窗外的雨越下越大，心情也越来越好，很快重新投入作业的海洋中。

过了许久，门外响起一阵门铃声，我以为是妈妈回来了，兴冲冲跑去开门。走到门口，我警惕地往猫眼里看了一下，天啊！哪里是妈妈回来了，那分明是一个丑陋的男子，高高的驼背，凶恶的面孔。我被吓坏了，用颤抖的声音小心翼翼地问道：“请问您找哪位？”他十分不在意地操着浓重的山东口音大声地回答：“书友会，送书的，您这是101门号吗？”听到这儿，我的戒心小了一点，把门打开了一条缝。看到他浑身上下没有一块干的地方。我感到有些内疚，内疚刚才对他不够礼貌。他似乎看出我的这些复杂的感情，不好意思地挠挠头，说道：“今天老板见雨下得太大，就放了我们假。我本来想回家休息，可我这人闲不住，上周也跟您约好了，就又跑到书店拿了书，送了过来。”

望着眼前这个已经被瓢泼大雨浇透了的好人和他手中滴水未沾的书，我的心底泛起一缕淡淡的苦涩与暖暖的敬意。这是一个怎样的善良的人啊！他没有像我们健全人一样的身躯，却有着比一些健全人更美丽、更纯洁的心灵。

我永远也不能忘记这件发生在绿色东营的小事，它犹如一碗绿色的心灵鸡汤，时刻提醒我要做一个诚实守信的人。

（指导教师：郭玉凤）

特殊的团圆饭

王　桐

大年三十，丰盛的年夜饭摆满一桌，我们非亲非故却胜似亲人的两家人——不！比一家人还亲——团聚在一起，围坐桌旁，共吃团圆饭，我心头的感激真是难以言喻！

我是个苦命的女孩，但又是幸福的女孩。自懂事之日起，我就知道爸爸和妈妈都是残疾人，后来爸爸又被病魔夺去了生命。我上学了，学校全免了我的学杂费。市检察院的叔叔阿姨们又把我定为资助对象，每学期为我送来生活费、学习用品。“六一”儿童节，她们特地来看望我，为我送来新衣服。今年春节前一天，市检察院的郝妈妈又专程用车把我和妈妈接到她家，让我们在她家团圆。

团圆桌上，冷盆、热炒、荤菜、点心……应有尽有。火锅沸腾，热气滚滚，温馨撩人，郝妈妈说，这火锅象征着来年红红火火；桌上还有一条特大的鱼，是象征“年年有余”。席间，郝妈妈一家不停地为我和妈妈夹菜、斟饮料，我和妈妈也不停地向老爷爷敬酒。大家互相说着祝福的话，郝妈妈特别高兴地对妈妈说：“您看王桐多么懂事，学习刻苦，成绩次次在年级第一，将来一定有出息，您有盼头啊！”说得妈妈乐得合不拢嘴。最后郝妈妈又添来一道甜食，祝福大家往后的日子甜甜蜜蜜。是啊，我多么希望这样的日子早点到来呀！我相信，这一天不会太远！

今年的团圆饭，是我最幸福的一次，我将把这份温情珍藏终身！

（指导教师：刘克锡）

修车爷爷

李赫程

街道的南头有间简陋的修车铺，门前摆着几把简单的小木椅，这里的主人是位简朴的老爷爷。

小时候，我常伴随爷爷到这里看下棋，显然，这几把小椅子是为下棋的人而准备的。不管他们的叫喊声有多大，修车爷爷总是面带笑容默默地忙着手里的活。

我渐渐长大了，修车铺门前的故事一如既往地上演着，只不过换了几批观战的人。

一位批发商的到来，改写了门前日复一日的故事，同时也让我对修车的爷爷有了新的认识。

那天下午放学回家经过修车铺，发现修车爷爷正高声和一个人理论着什么，我很奇怪：向来和善的他怎么会和人吵起架来了呢？好奇心使得我停下来想听个究竟。

和修车爷爷吵架的是一个零件批发商。只见修车爷爷手里拿着几个自行车零件，硬要批发商退货，批发商说：“这几个零件虽然有点小毛病，但是还能用，来您这儿的又不都是熟人，您给生人用上不就行了吗？要不我再给您减点价？”

修车爷爷的脸立刻涨红了，大声吼道：“减价就能把毛病减去吗？如果用上这些产品，骑车有多危险？小事儿擦点皮儿，还能治，大事儿怎么治，那是人命呀？这还能分生人熟人，坑人的事我不做！”围观的人越来越多，批发商看这阵势，立刻退了货，悄悄地溜走了。

我望着修车爷爷那因愤怒而涨红的脸，觉得他是那么可亲可敬。心中暗想，如果让我给他的修车铺拟一副对联，应该这样写：上联是“至善待人”，下联是“正直经营”，横批是“感动”。

（指导教师：冯倩倩）

老人和银杏树

李向玮

在我的家乡，有一位年过六十的老人，他的老伴早在他五十岁时就与世长辞，儿子和女儿也都外出打工去了，家里只剩下他一人。

老人平时打扮很朴素，到处都是补丁。虽说老人已经六十多岁了，但是身体却很硬朗，见人总是笑眯眯的。

2005年的一天，一位客人来到他家做客，给了老人一棵银杏树苗。老人小心翼翼地接过树苗，并在庭院里挖了一个坑，把树苗种了进去。老人隔天就给银杏树苗浇浇水，拔拔草，外出的时候还时时刻刻惦念着庭院里的银杏树，老人和银杏树就这样相依为命了。

2008年的冬天，家乡下起了鹅毛大雪。老人第一时间想起了银杏树，来到庭院里，银杏树早已被冰封雪盖，老人摇了摇银杏树，他不顾自己的身体，脱下了衣服，包在了银杏树上。

第二天，老人病倒在床上，儿女们急急忙忙从四面八方回到家中，老人天天都在喃喃自语，可是没人听得清他说的是什么。

第八天，老人的身体越来越差。中午，他的手突然指向银杏树，慢慢地，慢慢地，老人的手垂了下去。

失去了保护神的银杏树，一天天长大，它那蓊蓊郁郁的枝叶间，依稀盛满了对老人的深深思念。诗人说，树木其实也是有灵性的，它们没有语言，却会在风中唱响一曲曲生命的赞歌！

（指导教师：李艇）

她终于站起来了

钱思伊

“多亏爱心天使医疗队救了我，多亏政府救了我！”这是八十七岁的孤寡老人洪梅芳不厌其烦常讲的一句话。

洪梅芳老人用凳子支撑着身体趔趔趄趄熬过六十年，而今终于站起来了，她激动不已。

一

洪梅芳老人无儿无女，六十年来，由于家住偏远山区，交通不便，从没走出过村口，天天忍受着病痛的折磨。老人的大小腿和脚板如发酵的馒头，高度肿胀，小腿大面积坏死，创口发黑溃烂已见骨头，脚上的苍蝇赶都赶不走，恶臭难闻。她整日只能以凳为伴，支撑着走路。想起这些，她泣不成声！

二

2003年，一支专门为贫困群体服务的巡回医疗队在我市应运而生。2004年5月，巡回医疗队闻讯来到了洪梅芳老人的家里。队员们为老人清洗脓血，涂抹药物，包扎伤口，而且隔三岔五为她换洗纱布，恶臭渐渐消失，病情渐渐好转。由于老人烂脚病史太长，加上长期缺乏营养，要想彻底治愈，必须到大医院做植皮手术。可是植皮手术费用高，时间长，单靠医疗队的力量远远不够。市第一医院的医务人员得知此情后，发起了募捐活动，不但凑齐了医药费，连伙食费和营养费都有了着落。经过他们两个多月的悉心治疗，被病魔折磨了六十年的洪老太终于可以像正常人一样下地行走了。出院的时候，她热泪盈眶，坚持从医院踱步回家。提起那些爱心天使，她总是眉开眼笑。

三

如今，洪梅芳老人的生活比起以前来，真是千差万别！八十七岁的她，行动方便了，一切也越来越有盼头了。村里每月按时给她发放低保户救济金和生活必需品；去年年底，市民政局还将一台大彩电和慰问金送到她家；医疗队员们更是经常给她检查身体，送去免费的药品……

老人现在见了人，常说要感谢政府。原先农民们“小病挨，大病抗”，自从政府实施了“小病不出村，大病不出县”的便民政策，大家都搭上了健康快车。我们有理由相信，站起来的洪梅芳老人，日子会越过越顺畅、越过越幸福！

（指导教师：钱敏燕）

第六部分

珍爱每一种生命

小动物作为大自然创造的精灵，是人类不可或缺的朋友。即使是一条毛毛虫，一只蚂蚁，也需要得到我们的尊重和保护，愿我们每个人都能珍爱地球上的每一种生命！

——杨欣怡《珍爱每一种生命》

窗前的鸟巢

张　晨

在我家窗前，有几棵高高的杨树。每次风一吹过，它们便摇摆起来，而随着它一起摇摆的还有一个鸟巢。这个鸟巢里生活着三只小鸟，它们每天快快乐乐地觅食、玩耍。

小鸟在这里安家时，正是春天，万物复苏，鲜花盛开，小草探出了头。那时杨树还是不矮不高的，小鸟衔着一根根小树枝在上面搭窝，也许它们经验不足，搭的窝老是散架。我留意到这种情形，先是惊讶，而后便有一点同情它们了。当小鸟成功地搭上一根树枝时，我像小鸟一样高兴得直跳；而当小鸟掉落了树枝时，我会在心里安慰并鼓励小鸟再接再厉。几十分钟里，我都在聚精会神注视着小鸟。不知不觉，小鸟的新家终于盖起来了，我也松了一口气。这时，我才发现我对小鸟不只是同情，而更多的是关心。我也因有了一位“新邻居”而高兴。

不久，鸟妈妈便在“家”里产下了一对鸟宝宝。每天清晨，当我从睡梦中醒来时，这位勤劳的“邻居”已展翅飞出，拥抱着蓝天白云，亲吻着绿树红花，倾听着风和雨的声音，给鸟宝宝们喂食，教鸟宝宝们飞翔。看着它们自由自在的生活状态，我如同一位父亲，看到孩子们高兴，自己也感到无比快乐。

每天早上，我都要看一眼鸟巢才会安心。最令我记忆犹新的是那年夏天，下午放学时，一阵雷声响过，乌云如同得到了召集令，密密麻麻叠成一块，“哗哗”撒下了大雨，天空立刻变得黑如墨斗。我不禁担心起我的“邻居”，会不会被大雨毁了鸟巢。想到这里，我便加速冲进雨雾，跑到大树下，只见杨树随着大风大雨不停摇摆，鸟巢在大雨中显得极为渺小，极有坠下的可能。鸟宝宝可没见过这么大的阵势，在鸟巢里不安地鸣叫着，好像在说快救救我们。听到这哀叫，我真想爬上树，把鸟宝宝救下来。可是树太高，我想尽办法也无能为力，只好看着鸟巢干着急，在心里默默为小鸟祈祷，祈祷这大雨快点过去，祈祷小鸟平安无事。夏天的雨如同孩子的脸，说变就变，来得快去得也快。一会儿，雨停了，天空变晴了，一切又恢复了以前的样子。鸟妈妈又带着鸟宝宝们出去觅食，教它们飞翔。鸟宝宝经过这一场风雨的洗礼，仿佛一下子长大了。

至今，我家窗前的杨树上还有一只鸟巢，鸟巢里的鸟宝宝已经成长为优秀的“战士”，而不变的是我对它们的关爱。

（指导老师：王文博）

外公门前的小鸟

王思迪

汤玛斯·艾奎纳曾经说过：“一个对动物残忍的人，也会变得对人类残忍。”老师也告诉我们，要懂得同情弱小，关爱生命。

记得去年冬天，天气非常寒冷，地上积起了厚厚的雪，到处都是银装素裹的景象。周边各种各样的鸟儿好像突然遁形了，找不到任何踪迹。

外公家的门前种着一排高大的广玉兰树，一天打电话时，他告诉我，树上筑了一个大大的鸟窝，里面还住着一只鸟呢！听了外公的话，我迫不及待地赶了去。走上阳台，顺着外公指的方向，我悄悄地凑到树下。哇！真的有只大鸟窝。那是一只椭圆形的鸟窝，四边有一个个小孔，好像一个蜂巢。里面住着一只不知名的大鸟，除了红色的嘴以外，其他地方都是灰黑色的；尾巴长长的，头上还有一对耸起来的翎毛，像尖刺一样；一对黄黑色的眼睛紧紧盯着大路上走过的人，警惕性特高！

时间过得真快，转眼又是一星期。我再去看时，发现鸟窝里多了几只毛茸茸的小鸟。外公告诉我，它生了鸟宝宝后，每天都显得幸福又惬意。

可是有一天，我和外公刚要出门，看见几个小朋友拿着弹弓站在树底下正要打鸟。我急了，连忙跑过去说：“小朋友，快把弹弓放下，鸟类可是我们人类的朋友，它们也是有生命的呀。”外公也跟着好言相劝，他们承认了错误，并且答应下次再也不打鸟了，也要保护它们。

晚上，天越来越冷，外公还拿出了一件旧棉袄，把它轻轻盖在鸟窝上，希望鸟儿们在温暖的鸟窝里睡个好觉。小鸟叽叽喳喳地叫着，好像在说：“谢谢你，我的朋友！”

（指导教师：陈虹）

珍爱每一种生命

杨欣怡

那天，我去了奶奶家。

奶奶家养了一只小白兔，可爱极了！胖乎乎的小脸上镶嵌着一双红宝石似的眼睛，一闪一闪地放光。这只小兔子不像其他兔子那么顽皮好动，它很乖、很温顺，经常把耳朵耷拉在背上，从来听不见它的叫声。我可喜欢这只小白兔了，每次去，都要蹲在它身边给它喂新鲜的洋槐叶子，为它梳理毛发，然后把它的安乐窝整理得干干净净的，生怕它饿着冻着。

奶奶家有个小弟弟，还不到两岁，却十分调皮。那天，我把小兔子从笼子里抱出来，想给它透透气。没想到我刚把小兔子放在地上，弟弟就来了。他揪起小兔子身上的一撮茸毛，猛一使劲，硬是给拔了下来。小兔子浑身发抖，用它那双红宝石似的眼睛可怜兮兮地望着我，让人看着真心疼！我连忙小心翼翼地把它抱进怀里，用手轻轻抚摸它的毛。过了一会儿，见它不发抖了，才把它又放回地上，给它重新换上新鲜的洋槐叶。它好像也饿了，狼吞虎咽地吃了起来。望着它那可爱的样子，我欣慰地笑了。

这时，小弟弟又来了，看样子他还想拔兔子的茸毛。我连忙对他说："动物是人类的好朋友，千万不能伤害它们啊！你看它刚才的样子，是不是很可怜？"弟弟似懂非懂地点了点头。我又说："如果别人打你、揪你，你是不是也很疼啊？小白兔也是这样的，它同样会感到疼。"小弟弟听到这里，便蹲下来，用他那面包似的小手抚摸着小白兔，脸上露出了甜甜的微笑。

小动物作为大自然创造的精灵，是人类不可或缺的朋友。即使是一条毛毛虫，一只蚂蚁，也需要得到我们的尊重和保护，愿我们每个人都能珍爱地球上的每一种生命！

（指导教师：杨芸芸）

“亲生”的兔子

木叶青青

老家养着几只兔子，个个活泼可爱。兔窝里一旦发出“砰砰砰”的响声，没说的，那准是兔子跳跳又在里面大显身手了。它漂亮极了，三瓣嘴不断蠕动着，那时而竖起时而耷拉的长耳朵一颤一颤，耳郭薄得透光，淡蓝的血管清晰可辨，真是令人疼爱。更动人的是那双仿佛含羞带怯的、红得发亮的眼睛，眼神好似孩子般躲躲闪闪，它最喜欢跳啊跳啊，从不歇气。

叔叔从邻居家借来一只公兔子，呵呵！跳跳要谈恋爱了。几个星期后，跳跳便当上了妈妈，生下了四团红肉坨——它们一个个身上没毛，眼珠也紧紧闭着。

一段时间后，四只小兔居然都成活了。入夜，我小心地把它们放进草帽，高高的束于翻转的凳腿儿上以避鼠害；白天，我兴趣盎然地趴在地上，一滴一滴的用牛奶和米汤喂养它们，看它们一点一点地长毛。这之后，我一提来嫩菜尖，这些小家伙儿就抬起上身，很快还学会了像人似的用后腿儿站立。接下来，我刚进屋，它们就会跑过来在我的面前站成一圈，仰起头，扑闪着美丽的红眼睛望着我。常常有仰得过头的，突然间就往后仰翻过去，这时，我就乐开了怀，院子里的朋友看了也大笑不已，甚至笑出了眼泪。

他们惊奇地问：“兔子生性胆小，最怕人了，它们怎么不怕你？”

我说：“因为它们好似我‘亲生’的。”

对四只“亲生”的兔子，我唯一的不满是它们学不会说话，我本以为从小就教，它们应该学得会啊！我从不怀疑它们的聪明，可是不管我怎么努力，最后还是失败了。有时，它们望着我生气的脸，仿佛也有些歉疚，于是努力蠕动着它们的三瓣儿嘴，却始终没叫出一声来！

星期一就要上学了，我不得不离开老家，离开这些“亲生”的兔子。望着它们可爱的小脸儿，我依依不舍，眼前一片迷离恍惚。

暖春的回忆

孙华玥

夕阳西下，万缕金光撒在这片树林里，放眼望去，一片片翠绿的柳叶，闪烁着生命之光。

我在小树林里漫步，思绪穿越茫茫岁月，回到那个温暖的春天……

春风掠过小树林，小草探出了脑袋，发芽的柳叶随风摇曳。

我哼着小调一路小跑，悠闲地来到这里，突然，我停下脚步，眼一眨也不眨望着前方，我惊呆了！

不远处有两条小狗，白狗与黑狗。黑狗无力地躺在地上，一副痛苦的表情，她显然病了，死神似乎已经叩响她生命的大门，只是尚未开启；她的伙伴白狗一直都在她身旁，默默无言，用舌头舔着她憔悴的脸。

黑狗摇摇欲坠的生命总是被白狗唤醒，白狗明白，黑狗心里一定充满无限惆怅与悲凉，但是白狗相信爱的力量，可以延长黑狗的生命。

黑狗望着这个充满生命力的季节，望着白狗无助的双眸，她的心很痛，她想留在这个美丽的世界里，一直不愿放弃，硬撑着自己的生命，珍惜与白狗在一起的时间。

白狗望着快要落山的太阳，就像黑狗的生命，他想让黑狗临死之前得到更多的幸福，就这样不声不响地陪伴着她……

最后的一刻还是要到来，黑狗再也撑不住了，轻轻望着白狗，然后，缓缓地阖上双眼。

白狗跌倒了，凝视着死去的伙伴，他没有号啕大哭，而是安慰自己：黑狗睡着了，黎明之际，照样会像以前一样与他玩耍。

他静静躺在黑狗身旁，也许是要回想他们在一起的快乐日子，以至忘记了所有的悲伤。

我久久站在那里，眼睛模糊了，心中泛起一连串金色的涟漪。

白狗与黑狗在阴阳两界徘徊，无论是谁，也拆不开他们紧紧贴在一起的心灵。

（指导教师：郭玉凤）

我家的“鼠夫妻”

钱禹杉

今年，妈妈为我买了一对宠物鼠，它们长得可好玩啦！瞧！一身雪白的绒毛，一对尖尖的耳朵，一粒粉白的小鼻子上两只眼睛不时透出一股机灵劲。看！公鼠的头上还有一小撮高耸的绒毛，因此我管它叫“小贝”，另一只嘛，自然被冠名为“辣妹”了。

它们堪称一对“模范夫妻”，不信就往下读——

一、相敬如宾

“吱——”“辣妹”享受地叫着，好像正在夸耀什么？哟！原来是“小贝”正在温柔地用小爪子给“辣妹”梳理绒毛呢！那副细心劲儿真是没的说了。“辣妹”时不时地蹭一下“老公”，大概是想借此表达一下爱意吧！“小贝”于是更加来劲了，不知疲倦地帮老婆梳理着毛发，清理着污垢。

等老婆享受够了，“小贝”又成了被服务者，懒懒地躺在木屑上一动不动，头上竟然还盖上了一块大木屑，可比“辣妹”会享福多了。呵！这对鼠夫妻可真恩爱啊！

二、同仇敌忾

看到这对鼠夫妻忘我的情形，我决定“深入”鼠穴，跟它们开一个小玩笑。于是，我戴上了厚厚的手套（以免被咬伤），将手伸入了鼠笼，一下子将正躺在木屑上享受的“小贝”提了起来，这下“小贝”可慌张了，“吱吱——”地在我手上不停扭动着身躯，好像在喊救命似的。

忽然，“辣妹”一下子从旁边扑了上来，对我的手一阵啃抓，而“小贝”呢，看到妻子来救它也是大受鼓舞，也奋力地啃抓起我的手来。我腹背受敌，手痒得要命，只好放下“小贝”，让它逃之夭夭了。“小贝”一落地，这对夫妻立刻就“抱”在了一起。唉！真可谓是情真意切啊！看到这一幕，我再也不忍心去打扰这对小夫妻了。

三、鼠生贵子

“咦？那红红的是什么东东？”那天放学后，我忽然发现“辣妹”身下有一堆异样的东西在蠕动，哇！原来是五只又胖又嫩的小老鼠！瞧！它们的眼睛还没有睁开呢，只有我小拇指般大小，可爱至极！“小贝”和“辣妹”当爸爸、妈妈了，真是可喜可贺呀！

看，“辣妹”正在眯着眼睛幸福地给小老鼠喂奶，“小贝”则乐开了怀，高兴地当起了警卫员，在一旁站岗放哨呢！

哈哈！这就是我家一对鼠夫妻，怎么样？恩爱吧！

（指导教师：曹玉清）

第七部分

声音如花

生活中有许多美好的声音，如同一朵朵美丽的花，只有有心人才能采得到。

——王倩《声音如花》

声音如花

王　倩

生活中有许多美好的声音，如同一朵朵美丽的花，只有有心人才能采得到。

一

马路旁，盲人老婆婆正在犹豫是否过马路。这时，一个童稚的声音叫道："老奶奶，让我扶您过马路吧！"

一个小男孩把手插入了老奶奶的臂弯，他小心翼翼，生怕老奶奶摔着。忽然，小男孩自己被石头绊倒了。"哎呀！"他忍不住叫了一声，膝盖已经碰出了血。"怎么了，孩子？"老奶奶停下了脚步。"没事，我……捡东西。"小男孩硬是一拐一拐地把老奶奶安全送过了马路。老奶奶摸着孩子的头，连声夸他是个好孩子。

小男孩童稚的声音是一朵灿烂的花，它让盲人感受到生活的阳光。

二

郊游的林荫道上，年少的姐姐牵着弟弟，弟弟对周围五彩缤纷的世界充满好奇，于是，挣脱了姐姐的手径直向前冲去。"叭"，小男孩滑倒了，小腿上渗出点点血珠，他"哇"的一声哭起来。姐姐立刻跑了过来，掏出干净的手帕，轻轻地为他擦伤口，一边擦一边安慰弟弟："乖，别哭，男孩子是不能随便哭的。"

姐姐安慰的声音是一朵温馨的花，它让孩子体会到了亲情的无价。

三

楼梯拐弯处，一个学生抱着一大堆作业本匆匆忙忙往上冲，一个戴眼镜的老师拎着教具边沉思边往下走。

“砰”——他们撞在了一起，引来一帮学生围观。只见地上散落着作业本和教具，老师眼镜也摔烂了，大家都为那个学生捏了一把汗。

老师站起来，急忙扶起那个学生，“没伤着吧？”那个学生不敢出声，只是点点头。老师把作业本收拾好，递到他的手上，“下次小心点，知道吗？”然后捡起摔破的眼镜。

楼道里传来一阵掌声。

老师宽容的声音，是一朵慈爱的花，它让师生之间更加亲密。

（指导教师：郭玉凤）

乡村夜色

沈亦岑

吃过晚饭，天色渐暗，一切都静了下来，偶尔拂过一阵微风，夹杂着青草的气息。傍晚，好静谧。

搬一把躺椅，坐在院中，仰望着蔚蓝的星空，钻石般的星星镶嵌在天幕中，显得那么随心所欲，别具一格。这闪亮的星星就像一眨一眨的眼睛，那么明亮，那么诱人。这星星似远似近，一会儿觉得能摸到，一会儿仿佛有十万八千里那么遥远。这会变魔术的星星！虽然我知道很多星星的名字，牛郎星、织女星、北斗七星……可是在这么多星星中，它们都这么缥缈，都这么美丽，我辨不出来，只得作罢。

一会儿，月亮悄无声息地升起来了。它的出现，把一切都比下去了。星光渐渐暗淡了，夜空更加深邃了。明月皎皎，思绪随风飘呀飘，飘向了无尽的苍穹……这月亮上的广寒宫，是不是还那么凄凉？嫦娥，是不是还在后悔当初独自飞向月宫？玉兔，你是不是还在一如既往地捣着药？我不免有些伤感。

夜，渐渐深了，家家户户都已进入梦乡。我的睡意渐渐浓了。这时，我听见一支庞大的交响乐团正在演奏。起身悄悄来到草丛边，微微低了低头，啊！我不免有些惊喜，原来这是小虫子的乐园呀！仔细听了听，有甲虫翅膀的振动声；蛐蛐的“啾啾”声。哈！还有个家伙也来凑热闹了，就是青蛙，它伴着音乐发出“呱呱”的叫声。大家在这里尽情欢唱，所有虫子都参加了聚会，这令人心旷神怡的乐章仿佛是大自然在哼唱，那么自然、那么清新、那么打动人心。这时，我打了个哈欠，所有虫子都落荒而逃，我有些遗憾，是我惊扰了它们。

我兴高采烈地回到屋子里，告别了我的朋友们，带回了满怀的好心情，还带回了一路月色！

（指导教师：金茶娟）

年　味

周吉秀蕾

盼望着，盼望着，新年的脚步声响了。

鞭炮声由远及近，由疏到密，噼里啪啦，噼里啪啦……寂静的乡村变得热闹了。人们顿时忙碌起来，家家户户都在贴对联，挂灯笼……到处充满喜气洋洋的景象。

我们家也是异常繁忙。爸爸刚贴完对联，挂上灯笼，就急忙从屋后拿出竹竿挂上“大地红”，插在门前的树上，“噼啪噼啪噼啪噼啪……”“大地红”发出一连串震耳欲聋的响声，纸屑随着声浪在空中曼舞，撒落一地，果真是名副其实呀！“砰——”一个烟花炮快速从地面笔直升起，在数十米的空中“啪”地炸开，绽放出绚丽的色彩，就像五彩缤纷的星星，漂亮极了！一连串的烟花爆竹轰鸣声，轰出了浓浓的“年味”。

当然，除夕之夜，最重要的还是一家人坐在一起吃上一顿团圆饭，我家也不例外。我可是早早就拿好酒杯，斟好红酒了。年夜饭开始了，一家人围坐在桌旁。我们这儿的年夜饭有几样是必吃的：芋头，意为“遇好人”；猪血，意为“发血财”；猪肝，意为“做官”；肉圆，意为团团圆圆；鱼，也是必有的，意为“年年有余”……

这时，奶奶总指点我这个小馋猫，先吃芋头，再吃猪血，然后是猪肝，等把她要求的一一吃到，我才能大口吃我喜欢的。爷爷看着满桌丰盛的菜肴，总是感慨：“哎，我小时候过年，只有萝卜炖肉，说是萝卜炖肉，其实只有几块肉，你老祖母还不肯都吃光，说是要留着‘年年有余’。现在过年，眼看这么多好吃的，却吃不下。这是因为我们现在平时天天都像过年一样，想吃什么就吃什么！”看爷爷有些感伤，我这个家中的“开心果”——连忙端起酒杯：

“爷爷奶奶，祝你们身体健康，万事如意！”

“祝爸爸妈妈工作顺利，笑口常开！”

爷爷奶奶爸爸妈妈也把他们的祝愿送给了我，祝愿我身体健康，学习进步。然后全家人举起酒杯，满满地喝上一口，甜在心头，笑在脸上。

这时春节联欢晚会开始了，我们一家人一边吃着年夜饭，一边欣赏着晚会，电视内外响起了此起彼伏的掌声和笑声。人们既是享受满桌的佳肴盛馔，也是享受那份团圆的氛围。

吃完年夜饭，拿好了红包，爸爸语重心长地对我说：“秀蕾，过年了，长大了一岁，对人生应多一份思考呀！”“爆竹声中一岁除”，我忽然觉得，“辞旧迎新”更重要的应该是“迎新”，年的背后有着一份沉重的责任，过了十一个年了，直到今年我好像才真正品味出了“年味”。

（指导教师：仇存玉）

自然之美

贾子菡

自然使这颗蔚蓝色的星球充满了美，可以说是地球造就了自然，也可以说是自然造就了地球。

我喜欢森林，因为它是绿色的象征：碧绿的树叶，嫩绿的新芽，油绿的野草……森林也是无私的象征：春天，当你来到森林时，森林会为你采几朵鲜红的海棠；夏天，当你被火热的太阳晒得汗流浃背时，森林会用高大的树冠，为你撑起一片凉爽的天；秋天，当你口渴时，森林会慷慨地为你献几个果子；冬天，当你被冻得直发抖的时候，森林又会为你奉献它的枝干供你生火取暖。皎洁月光下的森林是最为静谧的，这时，森林沉浸在睡眠之中，蛐蛐唱着歌谣，叶子“哗哗”响着，共同编织一阕美妙的森林摇篮曲。

我喜欢大海，因为它是蓝色的象征：湛蓝的天空，深蓝的海水……走到这里，一切烦恼都会荡然无存。人们常常说胸怀要像海一样宽广，没错，海就是那么宽广，宽广到无边无际。海似乎能够包容一切，深海的鱼儿、瘦长的海带、洁白的海鸟、归来的渔船……都在海的胸怀之中。海里蕴藏着无穷的力量，浪潮一次又一次冲刷岩石，到了最后，岩石就化成了一枚枚小石子。

我喜欢风，它总是轻轻地来，轻轻地去。它总是追着你的影子跑，在你身旁转来转去，卷起一些落叶、纸片之类的小东西，或是在你耳旁发出“呜呜”的声音。不开心的时候，才会偷偷溜到前面，把尘沙扬到你的眼睛里。

不管是飞泻的瀑布、清澈的湖泊、一望无际的草原，还是天空中的白云、地面上的昆虫，只要你热爱自然，用一颗心去观察、去感悟，你便会发现自然之美无处不在。

（指导教师：张慧）

我爱四季

代浩然

四季是神奇而美丽的，它们各有各的风采，各有各的魅力。

我爱春天，爱春天春暖花开。在这生机勃勃的季节，大自然几乎成了花的世界，各种花纷纷开放，红的艳，白的娇，黄的嫩。再加上青的草，绿的叶，各种色彩鲜艳欲滴，构成了一幅五彩缤纷的图画，散发出沁人心脾的芳香。夕阳西下，天空给云朵涂上了一层霞光，宛如鲜艳夺目的彩缎，装点着令人心醉的春光。

我爱夏天，爱夏天热闹非凡。七月，湛蓝的天空悬着火球，云朵好像被太阳烧坏了，消失得无影无踪。成熟的谷物热得弯下腰，低下头，蚱蜢多得像草叶，在麦地里发出嘈杂的鸣声，小鸟不知道躲哪儿去了，大地就像蒸笼一样，一丝风也没有。每到晚上，人们总会搬着小椅子、摇着大蒲扇出来乘凉，三三两两围坐在一起，家长里短聊起来，笑声阵阵，驱走了夜的炎热。

我爱秋天，爱秋天果实累累。秋收季节，云朵格外娴静，阳光格外明媚，风也格外芬芳。柿子树捧出一串串玛瑙似的柿子，红的似火，黄的泛金。葡萄成熟了，那种人称“红玫瑰”的葡萄简直就是一颗颗红宝石，得名“水晶”的葡萄则像一个玻璃球，水灵灵的。面对各种成熟的瓜果，人们的脸上洋溢着喜悦。

我爱冬天，爱冬天的洁白美丽。冬天，像一位高贵而任性的公主，舞动着她那神秘的面纱，扬起阵阵凛冽的寒风，鞭子般不时敲打着漆黑而宁静的夜。再冷一些，冬雪便覆盖了大地，万物披上银装，皑皑白雪像羊毛、像棉被，纯洁、晶莹，看着、看着，心灵就会释放出一只只梦的白鸽。

四季如诗如画，我爱这迷人的四季！

（指导老师：高兴磊）

看 花

赵欣宇

看花，对我来讲，起初只是一种情趣，看得多了，这种情趣也就变成了我的一大爱好。

为了看花，我特地来到小区的花园里。四月的天真是变幻莫测，昨天还阴冷阴冷的，今天却如此炎热，我真担心春花会受不了。

首先映入我眼帘的是一排排开满了树枝的樱花，那樱花的颜色是淡粉色的，近看好像一位少女，羞涩中还带有一点张扬。我的手指不禁想要触摸一下它的花瓣，却发现花瓣数不胜数，层层叠叠的，在花瓣的簇拥下，花蕊像小公主一样，把握着美丽的主权。接下来看到的是几棵玉兰花，玉兰是花中皇后，它有纯洁的颜色，花瓣又大又厚，香味沁人心脾。花园里还有许多不知名的小花，它们向春天尽情绽放自己的美丽，像一群撒欢的小孩儿，在大自然的怀抱中，它们是那么惬意。

猛地一阵暖风吹过，纷纷扬扬的花瓣如同成百上千只蝴蝶翩翩起舞。

面对此情此景，我不由得陷入深深的思索：花是大自然赐予我们的礼物，一个不求回报、只求爱的礼物。

看花不能止于欣赏。花同样是世间不可或缺的宝贵生命，需要我们珍惜与呵护。

带着爱心看花，才会领略它的魅力，也才会体味到大自然的无限奥妙。

（指导老师：王文博）

致红叶

杨柳青

是风，把你吹落到我的手中；是雨，让你滋润了我的心田；是光，让你温暖了我的心；是雪，染白你的躯体；是热，使你恢复深秋时这火一样的红。

你——一枚小小的爬山虎叶子。

这片叶子是椭圆形的，不过不是很规范，上面尖尖的，像一个戴帽子的不倒翁，还是……我认为，它更像是一团跳跃的火苗。

看，叶尖是那样的突出，主叶脉的颜色由浅至深，开始是浅黄色，到了叶柄就变成了深红色，小叶脉清晰可见，叶柄很粗，很红艳，周长有主叶脉的十倍，红得几乎像是彩笔涂出来的。叶子是红的，但各部分红的程度不同。最上面的叶尖是金红色的，仔细看边缘有的地方像是绿中透着灰色，下面是淡黄色的，再下面便是浅红色的了，越到底下越红。如果说上面的红像烈士的鲜血，那么下面的红便像燃烧的烈火。如果去掉叶肉上黑色的小点和虫咬的洞，这片叶子便完美无瑕了。可世间没有十全十美的东西，包括人也如此。

把叶子放在眼前仔细看上几秒钟，会发现上面有许多裂痕，裂痕有深有浅，都是风霜留下的痕迹吧。咦，这是什么？我看见上面有许多黑色的东西，可能是粘上了一些泥土吧。叶子啊，你生于泥土，归于泥土。

我轻轻地抚摸着红叶，正面是那么光滑，仿佛那不是叶子，而是一面镜子。让叶子翻了个身，再去摸，又是粗糙的，摸着根本不像是叶子，而像是一块硬邦邦的粗麻布了。

把叶子拿到鼻子旁，闻一闻，一股淡淡的香气冲进了我的鼻子，这种香味好像在哪里闻到过。

你这片爬山虎的叶子，是那样的红艳。红叶，是你一片片打扮了美丽的秋天！红叶，你有过辉煌，你有过灿烂！可如今，只能被秋风吹落，等待命运的安排！但你宁死也要变成烂漫的红，因为，你要用最后的生命，把江山装点！

（指导教师：杨晓辉）

蓝色的海风

蔡世佳

风起，风落，随着潮水一起向我扑来。

哦，咸咸的、腥腥的。这蓝色的海风，一阵又一阵，像姑娘的纱衣，缥缈，悠扬。

这是我感受过的最爽的风了，它是那样轻，那样凉。虽然风中略带一些海味，却是那样自然，那样清新，使人有些飘飘欲仙的感觉。

“呼——”又是一阵海风，它把我的一切思绪冲刷掉了，留下的只有海风，那蓝色的海风。

我尽情地享受着大自然所给予的恩宠，尽情地享受着迎面拂来的凉爽的风。

我站在一块礁石上张开双臂，拥抱大自然。我低头看看大海，海上泛着雪白的浪花，它们像一群群洁白的小天使，一齐涌上来，又一齐退回去。

瞧，海风又来了，我似乎能看到它的存在，能分辨出它的颜色。这，也许是我的一种幻觉吧，可能我与它有着不解的缘分。

咸咸的海风，时而像一个调皮的娃娃，与人们、与白云玩耍嬉戏；时而又像一位温柔的姑娘，冲我们微笑着……

腥腥的海风，带着海中鱼儿的问候，带着我的梦，吹向远方……

我伫立在沙滩上，感受着海风，思绪也随着海风而飘摇。

海风吹啊吹，吹走了一切烦恼，吹走了一切忧伤。

海风拂啊拂，拂来了一丝欢乐，拂来了一缕欢笑。

海风，咸咸的；海风，腥腥的。可我心中的海风是甜甜的，蓝蓝的……

风起，风落，一阵又一阵……

（指导教师：杨晓辉）

印象龙泉

张秀敏

人们常说："上有天堂，下有苏杭。"杭州的西湖虽美，可我总认为家乡的龙泉更美！

象山脚下有四道清泉汩汩奔涌，泉水汇入文明湖，再流入竹皮河，穿越荆门城区，东入汉江，这就是闻名江汉的象山四大名泉：龙、蒙、惠、顺。其中尤以龙泉令人叹为观止。

龙泉的泉池直径约四米，水深约三米。泉水清如明镜，泉底的石块、水生物清晰可见，就连游人丢入水中的硬币，也能清楚地辨认面值。泉水冬暖夏凉，是人们欣赏龙泉的原因之一。夏天，捧一捧凉水洗一把脸，不知是泉水冲散了身上的热，还是泉水的凉意融进了心里，真有一种神清气爽的感觉；冬天，泉池里升起一层薄雾，不仅给四周的泉壁披上了神秘的轻纱，同时也笼罩了在池边晨练的人们。在"仙境"里练拳舞剑，真是惬意极了！

龙泉的美并不仅在于水，更主要的是融山景、水景、林景于一体，亭台楼阁与湖光山色交相辉映。龙泉的西侧是高大的象山，峰峦雄伟，悬崖峭壁，树木茂盛，芳草挂坡。泉边有一根百年古藤顺峭壁直攀山顶，甚为壮观，堪称一绝。东侧古木参天，苍翠欲滴，伙伴们在树下追逐、嬉戏，龙泉更显得热闹非凡。在龙泉与文明湖的交汇处，建有一座听泉亭，还有文明湖中的湖心亭，那艳丽的色彩、精致的雕饰，无不给龙泉增添了几分姿色。端坐亭台，垂足于蜿蜒亭桥之间的泉溪，倾听着优美悦耳的泉声，迎着霞光，欣赏那粼粼水光的泉池里撒下的数不清的翡翠、玛瑙、珍珠、宝石……谁能不被陶醉？

龙泉旁又建起了高压水泵站，清澈的泉水被送往金龙泉啤酒厂。优质的泉水成了金龙泉啤酒的质量保证，"金龙泉"在短短二十年里就由一个中国啤酒行业的后起之秀变成了今日之星，啤酒产销量连年名列国内十强之列，三十余次在国内外啤酒质量评比中获得大奖，成为国家首批质量认证产品，被指定为人民大会堂国宴特供酒。

龙泉，家乡的美泉；龙泉，家乡的富泉！我爱龙泉，更爱我的家乡！

（指导教师：刘克锡）

趵突泉小记

高山青

祖国的风景名胜，有雄伟的泰山，有富饶的海南，有神奇的五彩池……可我最难忘怀的当属有“天下第一泉”之称的趵突泉。国庆节放假后，我有幸游览了闻名遐迩的趵突泉，并深深地喜欢上了它。

趵突泉公园的泉有很多，如柳絮泉、金线泉、漱玉泉等等。这里的水都清澈见底，各种各样的鱼在水中嬉戏，还有许多奇形怪状的石头，树木郁郁葱葱。

沿着林间小路，我们去了杜康泉。杜康泉的泉口是用大理石砌成的，里面有三个龙头，短短的胡须，两只炯炯有神的眼睛，一只大大的鼻子，嘴里吐着一股股清澈的泉水。看，有的游客把龙头喷出来的水接到瓶子里，我也不甘示弱，接了一些，喝一口，凉丝丝的，真甜、真爽啊！

休息片刻，又到了天尺亭。石栏下有九个黑色的龙头，先是六个龙头喷水，再是三个龙头喷水，最后它们齐头并进，一块儿把水喷到亭子里。

好不容易走近趵突泉，人却挤得水泄不通，我们费尽九牛二虎之力才凑到泉边。近看趵突泉，只见水中有两块石碑，一块写着“趵突泉”三个红色大字，另一块写着“第一泉”三个红色大字。这两块碑围绕在观澜亭左右，观澜亭是看趵突泉的最佳位置。只见池中碧绿碧绿的，三个泉眼同时向外冒水，真是浪花飞溅、趵突腾空。在阳光的照耀下，水面上波光粼粼，像涂了一层金色。我不禁发出赞叹：“趵突泉太美了！大自然太神奇了！”

济南的泉很多，再加上大明湖、五龙潭，这些都给美丽的济南增添了许多灵性。我喜欢济南，我更喜欢济南的趵突泉！

（指导教师：王文博）

祖国，这山、这水

肖　芳

我们的祖国不仅历史悠久，还有许多山明水秀的自然风景，如安徽的黄山、山东的泰山、桂林的漓江、杭州的西湖……这山，这水，风格独特，美不胜收。

安徽黄山

人们都说：“五岳归来不看山，黄山归来不看岳。”

黄山，一向以“天下第一奇山”驰名中外，古往今来，多少文人骚客到此游览观光，赋诗作词！没想到我居然有机会跟妈妈一起去游玩，这多么令人兴奋啊！

且不说天下第一奇瀑九龙瀑的壮丽，也不说十大名松之冠迎客松的蓊郁，单看气冲云霄的“莲花”、“天都”二峰就让我叹为观止。妈妈怕我累着，打算让我坐玉屏索道直达精华景区，我咬了咬牙，坚持要自己爬上去，生怕错失了一次磨砺的机会。经过三个多小时的艰难攀登，我们终于抵达了玉屏景区。黄山最高峰——莲花峰拔地擎天，峥嵘崔嵬。怪不得徐霞客在游记中说：莲花峰“居黄山之中，独出诸峰之上”。而天都峰险峭雄奇，气势宏大，听说，天都古时无路，难登顶峰。我与妈妈在玉屏景区休息了一阵，经一线天登上了光明顶，浑身上下都湿透了，像从水里钻出来似的。

站在1860多米高的光明顶上，向下望去，只见千峰竞秀，万壑争流。此时我似乎有了杜甫“一览众山小”的胸襟与情怀。

桂林漓江

桂林是广西的一颗璀璨的明珠，是闻名遐迩的旅游胜地。耳听为虚，眼见为实，去年暑假，我们一家人就慕名来到了桂林。

车子路过阳朔，透过窗户看到许多灿若云锦的景色。刚到漓江，便听到一阵清脆悦耳的鸟鸣声，渐近渐响。望不到头的大路告诉我们，美景还在前方。

人们都说“桂林山水甲天下”，我更为桂林的水迷醉。漓江的水清澈见底，我用手舀了一点，“啧，啧，啧——”这是我喝过的最甘甜的水。江畔的草滩高低不平，嵌着星罗棋布的水泊，辉映着太阳的七彩光芒，就像神话故事里的宝镜一样。

如果说，安徽的黄山呈现的是一种雄奇美，那么，桂林的水则展现的是柔情美。这山、这水，都是我们美丽祖国的一部分，让我流连忘返，让我魂牵梦萦。

（指导教师：谢黎）

第八部分

体悟生活

我爱生活，爱它的生机盎然，爱它的充满神奇，更爱它的多姿多彩。生活是一首老歌，韵味十足；生活是一杯白开水，平淡清澈；生活同时还是一束玫瑰花，娇艳新鲜。

——张璨《体悟生活》

我 和 书

曹美江

书，有人说它像一把钥匙，为我们开启知识的大门；也有人说它像一位向导，为我们指引前进的道路。不过要我说，我会把书当作我的一位朋友，甚至是一位魔法师，在我需要的时候照顾我、滋养我。

识字以前，不懂什么是书，更不了解书的含义，所以我的书架一直过着孤独而寂寞的生活。小学一年级时，书架上终于多了一本大肚子工具书——字典，我对字典上每一个圈点都产生了浓厚的兴趣。

令人愉快的暑假来临，在拼音的辅助下，我的识字水平越来越高，这使我在二年级就成了“识字大王”，“朋友”越来越多，而这也大大增加了书对我的吸引力和神秘感。我央求妈妈带我到长清区最大的新华书店，一进大门，一股浓浓的书香扑鼻而入。这是我第一次看到这么多种样式的图书，花花绿绿，一排排、一排排，让人眼花缭乱。我随手抄起一本漂亮的小书，翻了一页又一页，完全被童话中起起落落的情节所迷住，走起路来都认为自己是“白雪公主”，梦到了七个小矮人……抱着一大摞沉甸甸的书，我的脚步却很轻盈。一本本抚摸着它们，我感受到了知识的魅力，那是一种叫也叫不醒的痴迷与沉醉，拉也拉不开的爱恋与思念。

第二次去时，我已没有孩子气的惊讶，而是轻轻地、悄悄地寻找自己的所爱。这一回，我先拿了一堆作文选，写人篇、描景篇、状物篇……因为我喜欢里边的精彩片段，喜欢同龄人风风雨雨的经历。除此之外，我还挑了一些世界名著，这些故事很复杂，不过，我认为自己总有一天能读出个子丑寅卯。

第三次走进书店的我，已经是一个戴四百度近视眼镜的小姑娘了。这时的我还是喜欢看故事书，喜欢里面情感的曲曲折折，可我只挑了几本，因为我的书架实在放不下了！而且现在的阅读时间非常少，每天仅有短短的三十分钟。三十分钟，这对于一个充满阅读渴望的少女来说，是多么短暂！我不得不经常进行“窃读”，这样的滋味让我既难受又开心。只要一超时，我每隔两分钟就要不安地向外看看，妈妈或者爸爸会不会过来“检查监督”。我不时地为故事中的人物开心、掉眼泪。这时，我的心像是一个被操纵的木偶：一会儿高，一会儿低！

就这样，对书有着浓厚喜爱之情的我，与书一起走过了岁月的风风雨雨。

好书伴我成长

林育丙

“书是智慧的钥匙，书是进步的阶梯，书是时代的生命，书是人生的向导……”啊，人们对书的赞誉，不胜枚举。古往今来，许多名人志士与书相伴，以书为乐，受益终生。

“书是全人类的营养品。”这句莎士比亚的名言，非常赞同。

记得刚上小学一年级时，爸爸妈妈给我买了第一本课外书——《十万个为什么》。

刚开始，我并不知道读书的乐趣，显得很厌烦。但我不想读也得读，因为这是爸爸的“命令”。就这样，日子一天天从我的翻书声过去了，知识也在我的琅琅读书声中越积越多。我的这种“笨鸟先飞”的做法，让我在以后的学习中尝到了甜头，这不愧于书对我的馈赠。

一次语文课，我们学习李白的《望庐山瀑布》这首诗，老师提了一些问题：李白是什么朝代？有哪些故事？他还有哪些诗？同学们个个沉默不语，而我则喜上心头，这些问题我全都知道，终于可以大显身手了。我的小手高高举了起来，在老师和同学的眼中，显得更加引人注目。我激动地站起来，一口气答对了老师的所有提问。老师见我全答对了，既惊讶又欢喜，让同学们给了我最热烈的掌声。我十分高兴，恨不得飞到讲台唱首欢快的歌。就这样，我的一次次精彩亮相，让老师对我刮目相看，一些同学也成了我的“粉丝”。

我对读书的热情和痴迷虽未达到废寝忘食，但看书至少是我生活的一个重要组成部分。我看书太投入，对周围的环境往往是视而不见，听而不闻。“吃饭了，吃饭了……”爸爸妈妈喊道。但每次他们只有走进我的书房，拍拍我的肩膀，我才会从书中回过神来。

我渐渐发现读书的好处非常多。《论语》、《三字经》让我知道怎样做人，怎样懂礼仪；《一千零一夜》、《格林童话》让我展开了想象的翅膀；《鲁宾逊漂流记》让我明白独立生活的能力是多么重要；《中外名人成才故事》让我了解了名人，知道了他们的成功之路。

我要说：书，你是人类消灭愚昧的武器，你那看似单调的字里蕴涵了无数智慧的精华。好书将陪伴我一生！

（指导教师：郑红波）

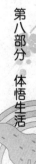

“爱”的语言

——读冰心奶奶的《春水》

陈天宇

最近，我读了一本名为《春水》的书，它是著名作家冰心写的。这本书不仅让我欣赏到了一首首清新优美的小诗，还让我感受到了那份真挚的情感。

我印象最深的是《纸船》这首诗，它写了冰心乘船去美国留学时，曾给她母亲含着泪折下了许许多多的小纸船，抛向大海。有的被风吹到船中的窗上，有的被海浪打湿，沾在船头上。她总希望有一只纸船能漂到它自己想要去的地方——母亲那儿。但始终没有一只小纸船完成她的使命，冰心只能遥想：母亲在梦中可以看见自己折的那些小纸船，捎去对母亲的思念。

多动人的故事，多感人的举动！母亲，是所有游子心中永远的牵挂，而在母亲的心中，孩子也永远是被放在首位的。看到这里，我也很想给我的妈妈送上一点祝福，想要表达对妈妈的感激。但我是否也要折纸船呢？不，我要用自己的语言，让就在身边的妈妈真切感受到我的这份爱。

于是，我提笔写下了这篇作文，题为《“爱”的语言》。我会将这篇习作给妈妈看，还准备深情地对她说：“妈妈，您辛苦了，休息一下，看看女儿写的一篇读后感吧！”

阅读是一件多么快乐的事情，如果你想感受更多爱的语言，就和我一起来读读《春水》这本书吧！

（指导教师：冯婧）

想与莎翁聊聊天

马睿真真

忘了是从何时起，我迷上了你，如痴似狂，就这样沉浸在你醉人的笔触。

多想超越地域，与你聊聊。聊聊你那凄美绝伦的《罗密欧与朱丽叶》。你可知道，在远隔万水千山的中国，也有那样的旷世奇恋，是梁祝，是宝黛。想问问你，命运于你，是不是也那般坎坷多磨？最后的你，是不是也在天堂找到了幸福？前辈，请您告诉我。人生的路好长好长，那样的一波三折，也会有好多好多。风风雨雨，我该怎么走？

孩子，听我说。人生的每个转角，都潜藏着幸福。面对那些大起大落，你要心平气和。再长的路，也会有尽头。每个脚印，你都要踏踏实实地走。

多想穿越时空，与你聊聊。聊聊你那峰回路转的《仲夏夜之梦》。现实与虚幻的重合，缔造出了分岔的结果。复杂的关系，庞大的结构，依然是丝丝不漏，环环相扣。前辈，您是如何去驾驭？

呵呵，孩子，听我说。别把每个故事放进生活。你要明白，更要接受。很多时候，我们被各种各样的现实所迷惑，迷失了终点，晕眩了追求。孩子，你要练就雪亮的眼睛与坚定的内心，明白自己所想，自己所求。做个爱憎分明的人，才会有幸福。

多想跨越语言，与你聊聊。聊聊你那跌宕起伏的《威尼斯商人》，聊聊你那催人泪下的《哈姆雷特》。悄悄告诉你，我真正明白“大爱无疆”，就是在读过这两篇旷世佳作之后。那样的恩恩怨怨，那样的爱恨情仇，是怎样荡气回肠哟！交织在一起，是不是就成为人生的主题歌？

唉，孩子，人活着，其实不必思考太多！生老病死，分聚离合，哪会有那么多“为什么”！你要知道，更多的时候，人的生命总是庸庸碌碌，可是，一件刻骨铭心的事，足以改变人的一生：或推上顶峰，或跌入深谷。因此，孩子啊，你要以最冷静的态度面对一切，才有资格傲视群雄。孩子呦……

莎翁，莎翁，求求你，告诉我，那不是一个梦。为什么我们国籍、语言不同，为什么我们被生死阻隔……

孩子，生命会完结，智慧却没有尽头。记住我的话，那会成就你的一生……孩子，记住。

莎翁，莎翁，我懂了……

体悟生活

张 璨

我爱生活，爱它的生机盎然，爱它的充满神奇，更爱它的多姿多彩。生活是一首老歌，韵味十足；生活是一杯白开水，平淡清澈；生活同时还是一束玫瑰花，娇艳新鲜。

每当黎明升起，第一缕阳光照射进来，我知道，一个崭新的故事开始了。我爬起床来，看见小鸟已经开始捕食了。“早起的鸟儿有虫吃”，这是个简单易懂的道理——珍惜生活，珍惜时间，我们为什么不能像鸟儿一样呢？

生活告诉我们，要怀有一颗感恩的心，感恩你身边的每一个人。有的人总是埋怨生活，埋怨命运的不公。其实，生活给予我们挫折的同时，也让我们学会了坚强。正视生活，挑战生活，你就会发现，生活对你关闭了一扇门，同时，也为你打开了一扇窗。

面对生活，悲伤的人会想：生的时候自己用哭声宣告来到世界，死的时候别人用哭声为你送行。悲剧是贯穿人生始终的主旋律。乐观的人却想：生的时候别人用微笑迎接你到来，死的时候自己用微笑告别世界。喜剧才是贯穿人生始终的主旋律。两种想法源自两种心态，不同的心态却源自不同的生活，生活多么神奇啊！

夜幕笼罩大地时，今天的故事已经拉下了帷幕，你会发现，生活是多么平凡、短暂而美丽啊。生活是路灯，指引人们前进的道路；生活是钥匙，打开人们智慧的宝库；生活是流星，给予人们无限的向往。

啊！我爱生活，爱它的每一天、每一刻！

（指导教师：韦亚东）

生死跳伞

王星辰

人人需要爱，更要付出爱。让世界充满爱，是我们每一个人应尽的责任。因为只有我们生活在一个充满爱的世界里，我们的心里才会洋溢着爱，不是吗?

我曾经看过这样一个故事，故事的名字叫《生死跳伞》。

汤姆有一架自己的小型飞机。一天，他和好友库尔乘飞机飞过一个人迹罕至的海峡。忽然，汤姆发现飞机上的油料不多了，估计是油箱漏油了。因为起飞前，他已给油箱加满了油。

汤姆将这个消息传达给库尔后，库尔一阵惊慌，汤姆安慰他："没关系的，我们有降落伞！"说着，他将操纵杆交给也会开飞机的库尔，走向机尾拿来了降落伞。汤姆在库尔身边也放了一个降落伞袋。他说："库尔，我的好兄弟，我先跳了，你开好飞机，在适当的时候再跳吧！"说完，他跳了下去。

飞机上就剩库尔了。这时，仪表显示油料已尽，飞机在靠滑翔无力地向前飞着。库尔决定也跳下去，于是，他一手扳紧操纵杆，一手抓过降落伞包。他一掏，大惊，包里没有降落伞，是一包汤姆的旧衣服！库尔咬牙大骂汤姆！没伞就不能跳，没油料，飞机靠滑翔是飞不长久的！库尔急得浑身冒汗，只好使尽浑身解数，往前能开多远算多远。飞机无力地朝前飞着，往下降着，与海面的距离越来越近……就在库尔彻底绝望时，奇迹出现了——一片海滩出现在眼前。他大喜，用力猛拉操纵杆，飞机贴着海面冲了过去，"嗵"的一声撞落在松软的海滩上，库尔晕了过去。

半个月后，库尔回到他和汤姆居住的小镇。他拎着那个装着旧衣服的伞包来到汤姆的家门外，发出狮子般的怒吼："汤姆，你这个出卖朋友的家伙，给我滚出来！"

汤姆的妻子和三个孩子跑出来，一齐问他发生了什么。库尔很生气地讲了事情的经过，并抖动着那个包，大声地说："看，他就是用这东西骗我的！他没想到我没死，真是老天保佑！"汤姆的妻子说了声"他一直没有回来"，就认真翻看那个包。旧衣服被倒出来后，她从包底翻出一张纸片。但她只看了一眼，就大哭起来。

库尔一愣，拿过纸片来看。纸上有两行极潦草的字，是汤姆的笔迹，写的是："库尔，我的好兄弟，机下是鲨鱼区，跳下去必死无疑。不跳，没油的飞机不堪重负，会很快坠海。我跳下后，飞机减轻了重量就肯定能滑翔过去，你就大胆地向前开吧，祝你成功！"

多么感人啊！汤姆不惜牺牲自己，也要解救朋友。他在这么短的时间里，果断地做出如此惊人的选择，太让人震撼了！汤姆用生命表达了人世间最美的友情。幸福的时刻需要和朋友分享，患难的时刻更需要忠诚的友谊！也许有时，你所见的并非事情的真相，也许朋友此时此刻正为你默默地付出着。这是友爱的表现，请珍惜这份金钱买不来的友爱吧！

（指导教师：薛万久）

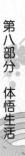

爱之思

姚涵冰

小时候，爱是一根奇妙的棒棒糖，一件漂亮的连衣裙，一个甜蜜的吻。再长大些，爱就变得很轻灵，似蓝天在飞翔，似白云在跳舞。我完全懂事后，爱已将我的整个身心哺育得健健康康，爱已将我的生活点缀得多姿多彩。

每当和父母、老师、朋友发生冲突时，爱就变得很迷茫；每当别人对我关爱有加，爱又变得很充实。爱就是这样若隐若现，让人难以琢磨。当她现身时，你就会完全沉浸在这美妙的感觉中，整个身心变得无限愉悦；当她隐去时，你会被一双双冷漠的眼睛灼伤，世界也会为之轰然坍塌。

爱到底是什么？她到底在哪里？我曾这样问过自己许多遍，却总也找不到答案。当我渐渐平静下来，不经意间却惊奇地发现，原来爱就在我的身边，她时时刻刻都存在：一句温馨的话语，一把遮雨的花伞，一个包容的微笑；病床旁父母关切的眼神，学习遇到困难时老师的谆谆教诲。而当2008年5月12日，那个天崩地裂的时刻，汶川一中的谭千秋老师，张开了双臂紧紧撑着课桌，伴随雷鸣般的响声，冰雹般的砖块纷纷砸到他的肩上、背上，他却毫不动摇，因为他的身下，还蜷伏着四个幸存的学生。他那张开翅膀的身躯顿时定格为永恒！面对这场人类罕见的灾难，透过泪光，我看到了一幕幕感天动地的人间大爱！

有时候爱很渺小，有时候爱又很伟大。但不管怎样，她总是在我们每个人的身边，像一位女神在默默保佑着我们，也像头顶的太阳让我们沐浴着人间的无限温暖……

（指导教师：张凯）

让爱永驻人间

郁志昂

生活中处处都有爱，爱，是友情，是亲情，是师生情……

我曾听说过这样一则新闻：四川汶川发生大地震，许许多多家庭都失去了亲人。在地震中，有一位伟大的母亲为了保护怀中的婴儿，毅然用手托住压在身上的大石板，坚持了好几个小时。当救援人员赶到之际，发现这位母亲已经死了。经过抢救，婴儿脱离了危险。让人震撼的是，这位母亲的手机里留着这样一条短信："亲爱的宝贝，如果你能活着，一定要记住我爱你！"

父母的爱，似山高，似水深。除了父母，还有千千万万好心人用爱来帮助我们，来培育我们。老师，在我们误入歧途时，把我们从歧途中带出来。各个岗位上的人日夜工作，是对祖国的爱，更是对我们每个人的爱！

其实，不仅仅是人类，动物也有它们自己的爱，也有"舍己为人"的精神。你可否看见，一些鸟妈妈不顾危险为自己的孩子们找食物？你可否看见，母蜘蛛为了生下的小蜘蛛，把自己当作小蜘蛛的食物？你可否看见，羊妈妈为了保护自己的孩子们，勇敢地与凶恶的狼群做斗争？你可否看见，狮子妈妈为了保护自己的小狮子，机智地与猎人周旋……

没有什么能抵挡住爱的脚步，没有什么能抵御爱的力量！

父爱是崇高的，母爱是仁慈的，师恩难忘，朋友之间的友情更是必不可少的，让我们齐心协力，让爱永驻人间！

（指导教师：韦亚东）

菜场偶遇

王靖雯

星期天上午，我陪着妈妈去菜场买菜。老远就看见一群人围着一个卖菜的老妇人，我和妈妈赶紧凑了过去，我还仗着个子矮的优势钻到了最里面。

只见那位老妇人一脸委屈，一个小伙子正气势汹汹地对她吼道："喂！你还好意思在这儿卖菜，你不知道同学们都笑我妈在卖菜啊？"老妇人强忍泪水告诉儿子："儿呀！你还不知道我们这几年是怎么过的吗？妈没有别的本事，只能靠卖菜供你上学呀！"小伙子可不管这些："少废话！快给我钱，我借同学的钱买东西吃，现在同学叫我还他。"老妇人无可奈何只好把钱给了儿子。

围观的路人纷纷指责起小伙子来，小伙子感觉到情形不对，连忙钻出了人群。望着儿子离开的身影，我分明看见老妇人的脸上挂着两行泪痕。我真气愤，老妇人怎么养了这样一个忘恩负义的儿子？

路人渐渐散去，我回头看见妈妈还在为老妇人愤愤不平，我赶紧走过去，一手接过了妈妈手中的菜，另一只手紧紧地挽住了妈妈的手臂。

宋代释梵琮曾说过："犬不择家贫，子不嫌母丑。"当代歌手冯晓泉有一首歌也唱道："儿不嫌母丑，狗不嫌家贫。无悔无怨，无休无尽，可怜天下慈母心。割不断血脉，比天高海深。无私无求，无黑无白，可怜天下慈母爱……世上最亲是母亲，断了骨头还连着筋。从古到今，不当家不知柴米贵，不养儿不知母亲的恩。"假如那个小伙子想起这句话，听过这首歌，会不会幡然悔悟呢？我期待着，期待着……

（指导教师：李艇）

感恩父母

徐新宇

有一位母亲，身患癌症，将要离开人世的时候，为了不让自己的孩子承受生死离别的痛苦，编织了一个美丽的谎言。她把自己的儿子叫到床边，对儿子说："妈妈要到一个很远的地方出差去了，那个地方的名字叫天堂。你要在家听爸爸的话，不然爸爸打你妈妈会伤心的。要是想妈妈了，就数天上的星星，总有一颗会是妈妈的眼睛。"男孩懂事地点了点头。一天，老师布置了一篇作文：给妈妈的一封信。男孩写了一封给天堂妈妈的信，信中写道：妈妈，您在天堂过得好吗？我从来不惹爸爸生气，每次都考第一，您也不肯来看我一眼。您知道吗？我最喜欢数星星了，因为您说那是您的眼睛。

一天，妈妈买来好多虾，要给我们煮着吃，我和弟弟像只猫，围着妈妈团团转。虾终于做好了，我和弟弟吃了几个之后，才发现妈妈只给我和弟弟剥虾了，自己却一个也没有吃。我问妈妈："妈，你怎么不吃啊？很好吃的。"妈妈笑着说："我又不长身体了，吃了没用，你们吃了对身体好。"听了妈妈的话，我这才明白，女人当了妈妈之后为什么爱吃鱼头了。

诗人说：父母就像上帝派下来的天使，在我们眼中是无所不能的。其实，父母并不是万能的，他们同样需要理解和帮助。

我想问大家一个问题：是否抱怨过父母？别再抱怨父母了，父母为我们做得太多太多了。所以，从今天起，我要感恩父母：

1. 一星期给父母捶一次背；

2. 每天帮父母做家务；

3. 不和父母吵架；

4. 攒钱给父母买礼物；

5. 帮父母照顾弟弟。

学会感恩，是为了擦亮蒙尘的心灵而不至于麻木；学会感恩，是为了将无以为报的养育之恩永铭于心！

（指导教师：韦亚东）

一个母亲的雕像

崔禾苗

2008年5月12日，汶川发生了8级地震，震动了大半个亚洲，也震惊了全世界。顷刻间，无数房屋变成废墟，无数鲜活的生命被废墟掩埋。多少故事、多少梦想永远凝固在了那一刻——14点28分，永远尘封在了巴蜀大地的千山万水之中。

那些日子，我和爸爸妈妈吃不下，睡不着，整天坐在电视机前，关注着救援的情况。爸爸紧锁双眉，沉默不语；妈妈不停地抹眼泪，哭肿了双眼；我紧紧攥着爸爸妈妈的手，生怕他们也像电视中的那些爸爸妈妈一样，永远地离开我，再也不能回来。

难熬的一个月，让人揪心的一个月，我从电视上、报纸上看到的那一幕幕感人的情景，一幅幅催人泪下的画面总是萦绕在脑海中，挥之不去：

谭千秋老师展开双臂用自己的身躯救护学生，自己的脑袋被水泥板砸中；三岁的小朗铮获救后躺在担架上向解放军叔叔敬礼……

最难忘，在堆成小山似的废墟上面，人们扒出了一个年轻的母亲。她的半个身子还镶嵌在瓦砾中，她是跪着的，背向上拱起，头向下，双手撑地，长长的马尾辫已经和灰土变成一样的颜色。救援人员发现她的身体已经僵硬，正要放弃挖掘，却被她奇怪的死亡姿势所吸引。一瞬间，人们恍然大悟，冒着余震的危险，重新冲上废墟，在她的身体下面挖出了一个六个月大的婴儿。那婴儿还活着，甚至还在甜甜的睡梦中。就在医护人员打开婴儿的襁褓时，发现了一个手机，上面有一条已经写好的短信："亲爱的宝贝，如果你能活着，一定要记住我爱你。"

透过朦胧的泪眼，我又一次看到那座废墟，看到那镶嵌在废墟里面的年轻的母亲。她一定很漂亮，一定有一双闪闪发亮的大眼睛，像她的宝宝一样。她美丽的长发就像瀑布，从那废墟上倾泻下来，化作清亮的溪水，又化作无数条细流，有一条温暖地流进了我的心田。

那是一座雕像，一座让全世界感动的雕像，尽管我不知道那位年轻母亲的名字，却相信这雕像一定有个全世界都能听懂的名字——妈妈。

（指导教师：李忠实）

疾学在于尊师

李玉冰

子曰："善学者，师逸而功倍，又从而庸之；不善学者，师勤而功半，又从而怨之。"这句话的意思是：会学习的人，老师省力学习效果却很好，学生对老师也很尊敬；不会学习的人，老师要花更多精力，但学习效果反而不好，而且学生还会埋怨老师。学习很大程度上在于学生自己，但无论自己学得怎么样，我们都应该感谢老师。因为正是有了他们的谆谆教导，我们才能长成参天大树。

在众多老师中，最令我难忘的就是我们的班主任——王老师。

王老师从我们七岁开始教我们，一直教到了十三岁，把一个个无知的我们培养成为一个个能说会道的六年级学生。在这过去的六年中，王老师每时每刻都在呕心沥血，为我们操劳着。

"师必胜理行义然后尊。"这是《吕氏春秋》中的一句名言。为人师表，必须有渊博的知识和高尚的德行，才能得到别人由衷的尊敬。王老师就是凭着知识渊博、德行高尚，才当上了我们的年级组组长，并赢得了同学们的尊敬。

"心术既形，英华乃赡。"用这八个字来形容王老师最恰当不过了。王老师把她的身心全部融入工作中，把自己所懂的知识一点一点地播撒给我们，哺育着我们茁壮成长。她奖罚分明，不会颠倒是非。在事情没弄清楚之前，她决不会不分青红皂白各打五十大板。她总是在真相大白以后，才该奖的奖，该罚的罚。

"师以质疑，友以析疑。师友者，学问之资也。"拜老师是为了解答难题，交朋友是为了辨析难题。王老师不仅给我们传授知识，也给我们传授经验。不管课堂内还是课堂外的事，她都为给我们指点迷津。她告诫我们，学习不能仅仅局限于课堂，而应多方借鉴。她的这种教育方法，让我们受益匪浅，大大开阔了我们的视野。

“古之学者必有师。师者，传道授业解惑也。人非生而知之者，孰能无惑？惑而不从师，其为惑也，终不解矣。”正是沐浴着王老师的爱的光辉，我们的学业和人格才得以不断飞跃，这种师恩，我们自当铭记终生、涌泉相报。

（指导教师：王岚）